LA CHAMBRE BLANCHE

Vincent Dionisio

LA CHAMBRE BLANCHE

© 2018, Vincent Dionisio
Dépôt légal : novembre 2018
ISBN : 9782322090747

Édition : BoD – Books on Demand
12/14 rond-point des Champs-Élysées, 75008 Paris
Impression : BoD - Books on Demand, Norderstedt, Allemagne

A Bouli

1

« En vérité, je crois qu'on est la génération « quart d'heure de gloire ». On a l'impression qu'on peut prendre n'importe quel ado et en faire une star pendant six mois. Vous avez vu les émissions à la télé ? La pseudo télé-réalité ? C'est d'une connerie affligeante ! Tout le monde regarde et personne n'assume. « Oh oui, mais moi, c'est au second degré hein ! » Alors soit on regarde pour se moquer délibérément de gens que l'on considère comme plus bête que soi, soit on rêve de faire partie de ces idiots célèbres. En fait, si on leur demandait, les gens de ma génération préféreraient nettement que l'on se moque d'eux que de passer inaperçus. N'importe quoi, sauf passer inaperçu. On est une génération vénale, égoïste, avide. On veut tout, tout de suite et à n'importe quel prix. Quitte à être une denrée périssable.

Et au milieu de ça, il y en a quelques-uns qui ne savent pas ce qu'ils veulent. Et quand ils savent, ils n'y arrivent pas. Je veux dire... Personne ne fait d'études pour devenir vendeur de chaussures, et pourtant il en faut bien. Alors quoi ? Quand on rentre dans un magasin de chaussures, on a affaire à une bande de frustrés qui n'ont pas accompli leurs rêves professionnels ?

Moi c'est pas pareil : j'ai jamais eu de rêve professionnel. J'ai franchi les étapes une par une et je me suis retrouvée avec une licence de philo. Du jour au lendemain, j'ai dû décider de ce que je voulais faire. Étudier encore un peu ? Rentrer dans la vie active sans gros diplôme ? Je me poserais probablement encore la question s'il n'y avait pas eu Thomas. Lui, il savait parfaitement ce qu'il voulait faire, il était sûr de lui, conscient de ses forces. Alors je me suis accrochée à lui comme à une bouée et je l'ai suivi. Jusqu'ici, en fait... Je me suis trouvé un boulot un peu débile et je m'imaginais qu'on coulerait des jours heureux, mariage, enfants, maison, etc. Alors forcément, quand il m'a quittée, toutes ces questions sur ce que je voulais faire, sur mon avenir, tout ça m'a rattrapé. Je n'ai jamais considéré qu'on se définissait par le travail qu'on occupe. Mais le regard des autres, lui, il juge essentiellement là-dessus. Je veux dire, quand je vais dans des soirées, quand on me présente des gens, et je vous jure que ça arrive pas souvent, je présente bien, on s'imagine que j'ai un super boulot, une grosse paye, des responsabilités. Et quand je finis par dire ce que je fais, je vois bien le regard des gens qui change. Un type moche, édenté, sapé comme un clodo qui arrive dans un dîner, on va s'imaginer qu'il est au chômage. Mais s'il sort qu'il est chirurgien, alors là, c'est plus du tout la même histoire ! Moi je m'en fous que les gens pensent ça. Je ne suis pas heureuse, ça c'est sûr, mais ça n'a rien à voir avec mon boulot. Si j'étais députée, je serais pas plus à l'aise dans mes baskets. Seulement voilà... J'ai l'impression que la société me pousse à évoluer, à grimper encore et encore, comme si c'était nécessaire. Plus le temps passe, et plus on est défini par son boulot. Je vous jure, c'est terrifiant. On a jamais eu autant de chômage, autant de précarité dans nos jobs, et pourtant c'est aujourd'hui que la case « profession » du formulaire est la plus importante. Je veux dire : c'est pas paradoxal ça ? Franchement ?

Mais en fait, c'est plus global que ça. Depuis Thomas, à chaque fois que je prends un peu de recul, je me dis : « c'est ça, la vie ? ». Finalement, on passe notre adolescence à s'imaginer à quel point la vie sera belle quand on aura de l'argent, un boulot, on se fera des vacances, des restaurants... Et puis après un an, on se rend compte qu'on a fait le tour et qu'on a pas tant d'argent que ça. Je devrais évoluer, je devrais essayer de faire quelque chose de plus constructif mais, depuis que Thomas est parti, c'est comme si j'étais anesthésiée. Je me lève, je vais bosser, je rentre, je regarde la télé et voilà. Je n'ai plus de but, plus d'envie, plus d'ambition. Je suis juste triste. J'aurais besoin d'une religion, d'un guide, de quelque chose qui me donne un coup de pompe au cul. Mais rien, je suis athée, je n'ai pas vraiment d'ami et ma famille... Ma famille habite loin et, de toute façon, on se déteste. A part mon frère. Donc je me suis dit que le meilleur moyen de sortir le merdier que j'ai dans la tête, c'était de venir ici. Je sais pas si ça va servir à quelque chose, je sais pas si ça portera ses fruits, mais autant essayer. Vous croyez pas ? Hein ? Qu'est-ce que vous en pensez ? »

Aucune réponse. Eve se redressa. C'était la première fois qu'elle consultait un psychologue. Et il s'était endormi.

2

« Coca light et gâteaux au chocolat ». Gagné. « Chewing-gums ». Encore gagné. « Cigarettes » Raté. Celui-là voulait seulement un renseignement. C'était le jeu préféré d'Eve, celui qui lui permettait de tenir le coup derrière sa caisse. Il lui arrivait assez souvent d'avoir une furieuse envie de mettre le feu à la supérette où elle travaillait. Alors elle jouait. A deviner ce que chaque client allait acheter ou combien de pas ils allaient effectuer dans le magasin.

Elle aurait pu quitter le confort minable de ce qu'elle devait bien se résoudre à appeler « son travail ». Elle reprendrait ses études avec un projet, quitterait ce patelin minable et ferait quelque chose de sa vie. Mais Eve n'était pas de ces personnes qui se réveillent un jour en constatant à quel point leur vie est ratée. Non. Elle en était constamment consciente. Cela la frappait à chaque fois qu'elle bipait un article, à chaque fois qu'elle fermait le magasin, à chaque fois qu'elle mettait le contact de sa voiture. Cela la poursuivait continuellement sans qu'elle ne puisse rien y faire. Anesthésiée. Paralysée. Rigoureusement incapable d'agir en cohérence avec le constat d'échec qu'elle faisait sur sa vie. Et c'était comme ça depuis que Thomas l'avait quittée…

A 18 ans, en première année universitaire, elle rencontra ce brillant étudiant en ingénierie environnementale. Rien que l'intitulé la faisait rêver.

A peine majeure, sortie du nid parental, elle s'imaginait volontiers agir pour la planète, les consciences, révolutionner le monde. La naïveté de la jeunesse la frappait de plein fouet et Thomas y participait pleinement. Il n'était pas très beau, plutôt petit et chétif, mais il parlait bien, citait Kant et Descartes. A 21 ans, licence de philosophie en poche, elle avait suivi son grand amour à des centaines de kilomètres, à Guilangers. Il y avait dégoté une mission sur le développement d'un parc éolien. Son rêve se réalisait. Eve, elle, voulait un enfant de lui, une vie de famille et se trouva un emploi temporaire pour subvenir à leurs besoins. Employée dans la supérette locale.

Elle y repensait constamment et ne se demandait même plus comment elle avait pu être aussi stupide. Même ses regrets la lassaient. Thomas termina sa mission de dix-huit mois et s'en alla utiliser ses talents à cent lieues de là. Et signifia à Eve, avant de partir, qu'il ne voyait pas l'avenir comme elle. Ni avec elle, d'ailleurs. A 23 ans, elle se retrouva perdue au centre de la France, dans une ville de 3000 habitants, avec un diplôme ridicule en poche et un boulot tout sauf gratifiant. Cela durait depuis deux ans et elle n'avait pas évolué d'un iota.

« Bonjour madame Mireille ». Madame Mireille venait deux fois par semaine, le lundi et le jeudi. Elle achetait systématiquement les mêmes produits et, Eve l'avait vérifié plusieurs fois, effectuait précisément le même trajet à une dizaine de pas près. La tristesse du troisième âge personnifiée. Et Eve ne pouvait s'empêcher de s'imaginer vieillir comme ça. A faire ses courses deux fois par semaine, en traînant son cabas comme sa misère, dans une minuscule ville sans âme.

Comme elle disait au revoir à cette chère madame Mireille, Eve regrettait, une fois encore, de n'avoir personne à qui parler de sa situation, de sa vie, de ses états d'âme. Elle n'avait pas d'ami. En tous cas, pas à Guilangers. Tous ceux avec qui elle avait partagé son enfance, son adolescence, sa jeune vie d'adulte avaient disparu. Et depuis plusieurs années, ses amis étaient ceux de Thomas. Plus elle y pensait, plus elle réalisait combien son existence entière s'était construite autour de lui. L'homme qui l'avait quittée deux ans auparavant. Et maintenant qu'il était parti, il ne lui restait que ses souvenirs. Ceux de leur vie commune, de son insouciance juvénile, de tous les instants heureux qu'elle avait passé du temps où elle avait des amis, où elle riait, où sa vie avait un sens. Tout ceci n'était plus que poussière, regrets et nostalgie. Eve avait 25 ans et prenait le problème dans tous les sens, la conclusion restait la même : elle était incapable de redonner de l'intérêt à sa vie.

Quand Thomas l'avait quittée, elle avait pensé à de se suicider, bien sûr. Parce que c'est comme ça qu'on s'imagine toujours ces instants, dans la grandiloquence et le mélodrame. Evidemment, elle en était incapable. Rentrer chez ses parents avait été une option. Mais la dernière once de fierté qu'elle avait en elle l'en empêchait. Elle avait quitté la demeure familiale avec trop de fracas, bien longtemps auparavant. Elle avait même songé à entrer dans les ordres. Mais même en donnant un peu de crédit à cette hypothèse, elle n'aurait pas pu faire ce cadeau à ses grenouilles de bénitier de parents. Après tout, elle s'appelait Eve et son frère, Adam.

Son frère… Pour une personne dans sa situation, il était ce qu'elle avait de plus cher au monde. Et le seul individu à qui elle avait adressé la parole pour le plaisir ces trois derniers mois. Elle lui parlait même régulièrement, mais les sujets abordés étaient limités : politique, sport, sa vie à lui. Rien de plus, rien de moins. Adam connaissait suffisamment sa sœur pour ne pas la forcer à s'épancher si elle n'en avait pas envie. Même si le temps commençait probablement à être long.

Il travaillait à Toulouse, directeur de cabinet du préfet. A trois heures à peine de chez elle. Il avait longtemps été avocat mais, trop brillant, il avait fini par céder aux sirènes prestigieuses du pouvoir. Sa vie était aussi réussie que celle de sa sœur était ratée. Marié, deux enfants. Sa maison, située en proche banlieue de la Ville Rose, à L'Aulne, était quelque part entre un manoir et un loft. Quant à sa femme, elle était juge pour enfants. Un vrai couple de magazine.

Normalement, tout ceci aurait dû attrister encore un peu plus Eve. Mais elle aimait sincèrement son frère, reconnaissait en lui quelqu'un de bien et savait qu'il méritait son bonheur. Pas de jalousie ici. Simplement le rappel que, quelque part, il avait su faire les bons choix là où elle avait plongé dans ses erreurs la tête la première.

18 heures 30. Fermeture. Eve reçut un appel de monsieur Toulette, son patron. Comme à son habitude, il demanda si tout s'était bien passé et, comme toujours, il lui fit comprendre combien il la méprisait. Benoît Toulette était un de ces parvenus incultes, tellement stupide que de toutes les entreprises que son père possédait, il avait hérité de la gestion de la petite supérette. Ce qui en disait long sur la confiance qui lui était accordée.

« Allô, Eve ? Tu vas fermer là ?

Toulette ne s'annonçait jamais. Et ne posait jamais de question pertinente.

- Oui, il est 18 heures 30 et il n'y a pas de client.
- Tu as rentré combien aujourd'hui ?

C'était une expression typique du patron. Chez lui, seuls comptaient l'argent et son nombril.

Eve lui répondit froidement, comme toujours. Elle n'avait pas eu le temps de compter sa caisse, mais son expérience lui permettait d'établir une estimation fiable. En l'absence de vie sociale digne de ce nom,

Toulette était la personne qu'elle détestait le plus au monde. Misogyne, hautain, stupide, arriviste, il représentait tout ce qu'elle avait toujours fui.

- Bon, finit-il par dire, manifestement peu satisfait des résultats du jour. Tu peux fermer. Je passerai peut-être faire un tour demain. »

Et il raccrocha. Pas de bonjour, pas d'au revoir. Égal à lui-même. Il venait de lui donner l'autorisation de fermer, ce dont elle n'avait pas besoin. Il avait également envisagé de passer le lendemain, ce qu'il ne ferait pas. Benoît Toulette ne mettait les pieds dans sa supérette que le samedi, pour amener la recette hebdomadaire à la banque. « Quel connard », pensa mollement Eve en raccrochant. Ce faisant, elle compta la recette, la plaça dans le coffre, attrapa son sac, enleva sa blouse, ferma la porte, tira le rideau de fer et prit le chemin de son appartement. Comme toujours, machinalement.

Un canapé. Une petite télé. Un ordinateur plutôt sympa. Internet. Une chambre à coucher meublée d'un lit et d'une table de nuit. Le deux-pièces d'Eve était aussi constamment triste que sa locataire. Pas de fantaisie, pas de poster ni de tableau au mur, pas de photos de jeunesse. Rien. Juste l'essentiel. Elle possédait bien quelques DVD et une petite dizaine de livres, mais elle passait le plus clair de ses soirées à ne rien faire. Gaspiller des heures sur des petits jeux sur Internet, regarder les chaînes d'info en continu, lire le journal... Son quotidien se résumait de manière presque caricaturale : elle se levait, allait travailler, rentrait, passait le temps et se couchait. Ce qui, en somme, revenait à survivre, et non à vivre.

Ce soir-là, Eve jeta son sac dans un coin, s'effondra sur son lit et, doucement, commença à pleurer. Elle avait regardé son répondeur et n'avait aucun message. Évidemment, il n'y avait rien d'étonnant là-dedans. Mis à part Adam, personne ne l'appelait jamais. C'était une des raisons pour lesquelles elle n'avait pas de téléphone portable. Mais ce n'était pas un jour comme les autres : c'était son anniversaire. Son 25ᵉ anniversaire. A cet instant plus qu'à tout autre, elle réalisa combien elle était seule et, surtout, à quel point elle avait besoin de compagnie. Sortant quelques instants de sa torpeur robotique, Eve se décida à se donner un coup de pied aux fesses et à ne plus se complaire dans ce rôle de perpétuelle ratée. Elle se rassit au bord de son lit, sécha ses larmes et prit une grande inspiration. Le téléphone sonna.

Eve était tellement peu habituée à recevoir des appels qu'elle sursauta. Ce devait être Adam. Ce ne pouvait être qu'Adam. Elle se moucha et décrocha le combiné.

« Allô ?
- Eve ?

La voix lui était familière, mais ce n'était pas celle de son frère.

- Oui ? Qui est à l'appareil ?
- Joyeux anniversaire. C'est Thomas à l'appareil ».

3

Eve ouvrit les yeux. Elle était allongée par terre, à côté de son téléphone. Une lumière rouge clignotait. Par réflexe, elle consulta son répondeur. Six appels en absence, deux messages. La mémoire lui revint immédiatement : Thomas. Thomas l'avait appelée. Pour la première fois depuis leur rupture, il avait essayé de reprendre contact avec elle. Et pour son anniversaire. Seul Adam avait manifesté un quelconque intérêt pour le précédent.

Elle se releva et constata avec soulagement qu'elle ne s'était pas blessée. Sa lampe halogène, en revanche, était pliée en deux et l'ampoule se répandait de ses pieds à la cuisine. La jeune femme pensa fugacement qu'elle était sortie sans blessure de sa chute. Un miracle.

La lumière rouge clignotait toujours, lui rappelant agressivement les messages en attente. Et pas n'importe lesquels. Du haut de ses 25 ans tout frais, Eve prit une profonde inspiration et porta le combiné à son oreille. « Vous avez deux nouveaux messages ». Le premier n'avait aucun contenu. Pas le deuxième :

« Eve... Bonsoir... C'est Thomas. Euh... Je crois que tu m'as raccroché au nez ou alors on a été coupés. Bref. En tous cas, je voulais te souhaiter un joyeux anniversaire. Voilà. Au revoir... » Le son de la voix provoqua un nouveau choc en elle, mais elle parvint cette fois à rester consciente. Eve avait passé tellement de temps à essayer de l'oublier que, sans s'en apercevoir, elle avait réussi. Combien de jours depuis son dernier accès de nostalgie ? Elle vivait recluse, mélange d'ermite et de morte-vivante, mais elle ne pensait plus constamment à celui qui l'avait brisée de l'intérieur. Et, à vrai dire, Eve n'aurait su dire si elle lui en voulait ou non. Rationnellement, elle devait bien convenir que les ruptures sont des choses qui existent. Malgré cette boule dans le ventre.

Restait cette question : pourquoi Thomas l'avait-elle appelée ? Elle avait beau chercher, cela se terminait toujours par un haussement d'épaules impuissant. Et comme il était évidemment hors de question de le rappeler…

L'horloge indiquait 3 h 15. Eve se releva et sentit une vive douleur dans son estomac. Une crampe, sans doute. Péniblement, elle se traîna jusque son lit et s'y allongea. Mais son ventre la lançait toujours aussi violemment. Les comprimés dans sa commode… Se faisant violence, elle jeta son bras contre le tiroir et en tira la boîte de somnifères. Pliée en deux, terrassée par la douleur, Eve prit trois comprimés et essaya de se calmer. Le sommeil ne tarderait pas à la rattraper.

La supérette dans laquelle Eve travaillait ne faisait pas partie d'un glorieux patrimoine local. Elle n'avait pas d'histoire, pas de légende, pas de propriétaire ancestral. Juste une enseigne franchisée dans une petite ville plutôt laide de 3000 habitants. Elle faisait partie du cadre, rien de plus. L'inconvénient étant qu'un tel objet de routine ne peut se permettre le moindre grain de sable dans sa mécanique.

Aussi, lorsqu'une file d'attente interminable se forma devant le magasin et qu'Eve ouvrit le rideau avec une heure et demie de retard, l'affaire fit grand bruit. La jeune femme se confondit en excuses, inventa mille prétextes, mais rien n'y faisait : les clients étaient fous de rage et promettaient d'en toucher deux mots au directeur. Il ne fallait surtout pas sous-estimer le mépris des clients envers la vulgaire employée qu'elle était. Eve était au service de ce flot ininterrompu de consommateurs et jamais ils ne manquaient une occasion de le lui rappeler. La matinée fut donc constellée de remarques acerbes et de critiques en tous genres. Eve s'en moqua, comme toujours.

A 13 heures, Julien Raymond franchit le seuil de la supérette. Seul collègue d'Eve, celui-ci travaillait essentiellement l'après-midi. Ses bonnes relations avec le patron lui permettaient de négocier ses horaires à sa convenance, laissant à sa méprisée collègue le soin d'ouvrir le matin et de fermer le week-end. Plutôt petit et maigrichon, Julien n'avait rien d'intimidant. Cependant, ce physique ingrat s'accompagnait d'un caractère moqueur, arrogant et parfois cruel. Il ne manquait jamais une occasion de rabaisser Eve et de lui rappeler son statut d'intellectuelle ratée, d'asociale ou, comble de la méchanceté, de pointer du doigt son surpoids. En somme, Julien Raymond était ce qu'il convenait d'appeler une ordure.

Les premiers temps, Eve essaya de comprendre ce qui avait bien pu mener ce type, pourtant du même âge qu'elle, à devenir si aigri. Peut-être avait-il tout simplement mauvais fond, ou quelque brute épaisse lui avait fait vivre un enfer à l'école. Mais le personnage était tellement antipathique qu'Eve renonça bien vite à le comprendre. Elle avait un collègue détestable et devait s'en accommoder. Son patron n'était pas plus charitable ni moins abject. La situation était déjà suffisamment déplaisante sans que les deux ne se découvrent un goût partagé pour le harcèlement moral.

D'ordinaire, Julien ne disait pas bonjour à Eve. Il passait à côté d'elle, allait se changer, venait vers la caisse et lui disait qu'elle pouvait y aller. Mais, ce jour-là, il fit du zèle.

« Hé ben, t'en as une sale gueule !

- Bonjour à toi aussi, se contenta de lui répondre Eve, avec toute la lassitude dont elle était capable.

- Tu t'es fait rouler dessus ou quoi ? »

Comme à son habitude, Julien accompagna sa dernière méchanceté d'un grand rire nasal et d'un regard balayant l'assistance, à la recherche d'un public complice. Personne ne l'accompagna cette fois-ci.

Eve se contenta de savourer la fin proche de sa journée de travail. Elle avait renoncé depuis longtemps à s'épanouir de quelque manière que ce soit dans cet emploi. Elle survivait, là encore...

Une demi-heure passa et Julien n'était toujours pas revenu. La clientèle abondante empêchait Eve de partir à la recherche de sa relève. Son collègue était, certes, souvent en retard, mais une fois sur son lieu de travail, il n'avait pas pour habitude de traîner dans le vestiaire.

Le téléphone sonna. Une seule personne appelait ce numéro.

« Supercourses de Guilangers, j'écoute, répondit-elle, professionnelle.

- Eve, c'est monsieur Toulette à l'appareil. Julien vient de m'appeler, il est malade. Alors il va falloir que tu me fasses la journée.

Benoît Toulette avait la désagréable habitude de demander à ce qu'on « lui » fasse des choses.

- Il vous ment, monsieur, rétorqua placidement Eve. Il est passé il y a une demi-heure pour me remplacer et je ne l'ai pas revu.

- Arrête un peu Eve, c'est pas son genre. Alors, t'es gentille, tu me finis cette journée et tu discutes pas... »

Eve raccrocha. Elle était aussi en colère que pouvait l'être quelqu'un qui ne ressent plus rien. Tous les jours, elle servait de paillasson à ce duo de salopards finis et cette fois, c'en fut trop. Son geste d'humeur était la première manifestation de son agacement. Et, elle le savait, il ne manquerait pas d'être relevé.

En bonne employée, elle termina effectivement la journée. A 21 heures, sans pause. Fort heureusement, elle travaillait comme une machine et ne regardait pas le temps passer. Elle aurait aussi bien pu être chez elle, assise dans son canapé.

Le magasin était fermé depuis quinze minutes et Eve s'apprêtait à partir quand Benoît Toulette arriva. Il était visiblement fou de rage.

« Ça va comme tu veux ? Tu te fatigues pas trop ?, lança-t-il haineusement.

- J'ai fini la journée, comme vous l'avez demandé.

Eve parlait toujours platement à son patron.

- Et tu la commences avec deux heures de retard !, hurla ce dernier. Je dirige une entreprise ici. On n'est pas chez les fonctionnaires !

- Je m'excuse, j'ai eu une nuit difficile et…

- Je m'en fous, tu m'entends ? Rien à foutre ! Tu dois ouvrir à 8 heures, tu ouvres à 8 heures, OK ?

- Oui monsieur, s'aplatit Eve, sans réfléchir outre mesure à la situation.

Benoît Toulette, conscient de l'ascendant qu'il venait de prendre, décida de poursuivre un peu son défoulement.

- Et quand je te demande quelque chose, tu le fais sans discuter ! Plus jamais tu me raccroches au nez, t'entends ?

- Julien vous a menti monsieur. Il est venu ici et il est allé dans le vestiaire une demi-heure avant votre appel.

- Je veux pas le savoir !, renchérit le patron, plus furieux que jamais. Et n'accuse pas les gens comme ça. Julien est professionnel, pas comme toi. Toi, t'es qu'une petite conne ratée, qui ne sert à rien d'autre qu'à ouvrir mon magasin avec deux putain d'heures en retard ! »

Eve baissa les yeux un instant et contempla ses chaussures. L'espace d'un instant, elle ne pensa à rien et n'entendit même pas Toulette l'insulter à nouveau. Elle se réfugia quelques secondes dans son esprit, paisiblement. Elle aspira tout, sa détresse, sa solitude, l'appel de Thomas. Puis prit une profonde inspiration remplie des morceaux de sa vie déjà brisée, pour mieux exploser par la suite.

Tout à coup, le vide laissa place à un trop-plein de haine, de rage et de violence. Elle jeta un regard autour d'elle et vit plusieurs objets et fournitures divers. D'un geste lent mais déterminé, elle saisit la paire de ciseaux située entre les élastiques et les rouleaux de vingt centimes et la planta vigoureusement dans le bras de l'homme face à elle. Dans un état second, elle se jeta sur son patron. Celui-ci gémissait de douleur allongé sur le sol et, après avoir reçu une série de coups de pieds dans les flancs, bénéficia d'un répit. Eve avait fini. Son calme et sa placidité retrouvés, elle se dirigea vers le téléphone et appela une ambulance.

Les heures qui suivirent parurent floues. En réalité, Eve fut incapable de se souvenir de tout. L'ambulance et la police arrivèrent ensemble. Après avoir constaté les blessures et s'être assurés qu'elles étaient superficielles, les policiers demandèrent à Toulette s'il souhaitait porter plainte. Celui-ci regarda Eve droit dans les yeux et lui signifia, au milieu d'une bordée d'injures, qu'elle était renvoyée et qu'il entendait bien la poursuivre pour tentative de meurtre. De tout cela, la jeune femme ne garda aucun souvenir. Tout juste trouvait-elle, au fond de sa mémoire, quelques bribes de sa nuit en garde-à-vue.

« Eve... Eve...

La voix l'appelait, mais elle n'avait aucune envie d'ouvrir les yeux.

- Eve... Réveille-toi. Réveille-toi s'il te plaît.

La fatigue l'emportait toujours. La jeune femme demeura allongée sur le ventre pendant de longues minutes avant de se décider à émerger. Elle s'étira, se redressa et regarda autour d'elle. Cette chambre... Cette voix... Elle recula de surprise mais une main apaisante vint mettre fin à sa panique.

- Calme-toi Eve. C'est moi, Adam. »

4

La tasse de café devant elle avait refroidi. Eve n'y avait pas touché. Sous le regard inquiet de son frère, elle venait de passer une bonne vingtaine de minutes à contempler le sol, sans expression. Adam n'avait pas d'idée. Il n'avait jamais été confronté à ce genre de situation. Bien sûr, ses appels réguliers lui montraient la solitude dans laquelle vivait sa sœur et il n'était pas vraiment surpris de la voir dans un tel état. Une seule personne ne peut contenir autant de frustration et de détresse indéfiniment. Sans être le meilleur juge de la nature humaine, Adam savait que, tôt ou tard, Eve craquerait. Elle l'avait fait la veille. Et il était allé la chercher le matin même au poste de police de Guilangers pour l'emmener chez lui. Pour obtenir sa libération, il avait tout de même dû faire jouer son statut et se porter garant de la présence de sa sœur lors du procès. Une bataille remportée de haute lutte.

« Tu veux un autre café ?

Sa sœur se contenta de secouer la tête lentement. Un légume. Elle ressemblait à une enveloppe vide, sans âme. Pas une pensée ne l'avait traversée depuis son réveil.

- Tu veux manger quelque chose ?, insista Adam.

Pas de réponse. Et toujours pas la moindre idée. Comment faire réagir sa sœur ? Il pouvait essayer la méthode douce pendant des heures. Mais, à un certain point, les bavardages d'usage devraient être mis de côté. Il était 15 heures 20.

- Tu sais, j'ai pris ma journée pour aller te chercher, renchérit Adam. J'ai promis de prendre soin de toi, mais il va falloir que tu m'aides un peu.

Toujours rien. Il aurait dû se douter que l'argument professionnel ne fonctionnerait pas. Pas avec elle. Il devait monter d'un ton.

- Dans une heure, je dois aller chercher Victor et Gaëlle à l'école, tu veux venir avec moi ?

Pour la première fois, Eve esquissa un geste. Elle le regarda même un instant. Une première faille dans la carapace.

- Ça fait longtemps que tu les as vus, insista Adam. Ça leur ferait plaisir si tu venais. Et ça te ferait du bien, j'en suis sûr.

Sa sœur s'agita quelque peu sur sa chaise, mais ne prononça toujours pas un mot. Elle se prit les mains, les tordit, se mordit plusieurs fois les lèvres et, finalement, regarda Adam dans les yeux.

- Victor et Gaëlle ? bafouilla-t-elle.

- Victor et Gaëlle, oui. Ton neveu et ta nièce. Ils t'aiment beaucoup, tu sais.

D'abord interdite, Eve éclata soudain en sanglots. Un torrent de larmes s'écoula de ses yeux tandis qu'elle était secouée de spasmes. Adam se leva pour la prendre dans ses bras, aussi maladroitement que sincèrement. Réfugiée contre son frère, Eve laissa sortir tout le mal-être qu'elle avait au fond de sa personne. Rien n'y résista et sa crise de larmes dura de longues minutes. Patiemment, Adam attendit, tentant de la consoler. Successivement, il lui tapotait et lui caressait le dos, dans une vaine tentative de consolation. Adam aurait aimé trouver un remède, ou n'importe quelle phrase magique lui permettant de calmer sa sœur. Mais les larmes continuaient de couler et les spasmes de secouer sa jeune sœur. Il était environ 16 heures lorsqu'enfin, Eve reprit ses esprits et sécha son visage. Les yeux rouges et boursouflés, elle sourît à son frère.

- J'aimerais bien venir chercher les petits à l'école avec toi, murmura-t-elle.

Adam sourît à son tour. Il hocha la tête en signe d'approbation.

- Mais je crois que je vais aller me doucher un peu, avant ».

Sans n'avoir rien avalé, Eve reprit le chemin de la salle de bain. Épuisée mais un peu moins seule.

Les jours qui suivirent furent les plus plaisants qu'Eve ait vécus depuis que Thomas était parti. Adam était aux petits soins avec elle et sa maladresse était plus touchante qu'autre chose. Chloé, sa femme, savait lui parler avec une vraie sensibilité, mais les deux femmes n'avaient jamais été particulièrement proches. C'était surtout avec Victor et Gaëlle qu'Eve passait du temps. Elle prenait systématiquement le chemin de l'école avec eux, préparait leurs affaires, jouait à des gamineries qu'à peine une semaine plus tôt elle méprisait. Ils étaient ses petits rayons de soleil, la meilleure compagnie dont elle pouvait rêver. La sincérité de ces enfants de 4 et 7 ans apportait un vent de fraîcheur dans son existence monotone. Et puis, de quelle existence était-il question, maintenant qu'elle avait perdu la dernière chose qui la retenait à Guilangers ? En ce qui la concernait, elle vivait chez Adam en compagnie de sa femme et de ses enfants. Rien de plus. Aucune autre perspective, aucun autre projet. Son emploi, si désagréable fût-il, servait de cache-misère à toute sa vie. Maintenant que la barrière était tombée, elle prenait la réalité de plein fouet : elle n'avait rien. Absolument rien.

Les jours passèrent avant qu'un dimanche, Victor ne lui demande si elle envisageait de rester encore longtemps. C'était pourtant une évidence, elle n'allait pas s'imposer chez son frère toute sa vie durant. Un retour dans son appartement, cela devait bien se finir comme ça. Elle aurait le cœur déchiré de devoir quitter Victor et Gaëlle, ainsi que le confort de leur maison, mais elle avait affronté pire. Et elle avait suffisamment d'économies pour survivre à quelques mois de chômage.

Ce même dimanche, quelques heures plus tard, elle alla trouver son frère pour évoquer cette perspective. Adam travaillait sur son ordinateur, dans son bureau. Adam travaillait toujours. Eve frappa contre la porte déjà ouverte.

« Je ne te dérange pas ?

Sans lever les yeux de son écran, son frère l'invita à entrer. Humainement, Adam était maladroit et souvent rustre. Mais c'était une sommité dans son domaine, voué aux plus grandes sphères du pouvoir politique.

- Qu'est-ce que tu fais ?, demanda Eve, naïvement.

- Ça t'intéresse vraiment ?

Adam accompagna sa question rhétorique d'un clin d'œil, signe qu'il n'était pas dupe.

- Il faut qu'on parle, marmonna sa jeune sœur.

- Bien sûr, tout ce que tu veux.

- Quand je suis arrivée ici, j'étais à ramasser à la petite cuillère. Tu m'as aidée et, aujourd'hui, je me sens mieux. Donc je me demande s'il ne serait pas temps de rentrer chez moi.

Adam ne feignit pas son étonnement. Sa sœur avait débité son court discours à la vitesse de l'éclair. Elle semblait gênée.

- Tu es si pressée de rentrer ?

- Non, pas du tout, je suis vraiment bien ici. Mais je ne veux pas m'incruster trop longtemps. Vous avez une vie à vous.

Un silence pesant s'abattit sur la pièce. Eve regardait par terre, trahissant son embarras. Son frère ne l'avait pas quittée des yeux.

- Voilà comment je vois les choses, lança-t-il, mains jointes sous son menton. Quand tu es arrivée ici, tu n'allais pas bien. Tu as craqué après trop de temps à réprimer ta frustration. Aujourd'hui, tu vas mieux qu'hier mais ne te fais pas d'idées : tu vas toujours très mal. Je sais que tu ne crois pas au bonheur par le travail et je me doute même que tu n'es pas tout à fait prête à envisager un engagement sentimental.

Le discours formel et dépourvu d'empathie de son frère arracha un minuscule sourire à Eve.

- Alors voilà ce que l'on va faire, reprit Adam. Tu vas rester ici aussi longtemps que ça prendra pour te redonner une direction. Tu ne retourneras pas à Guilangers. Je ne te demande pas de reprendre tes études, ni de chercher des nouveaux amis ici. Tout ce que je veux, tout ce qu'on veut, avec Chloé, c'est que tu retrouves un peu goût à la vie. Et si ça doit prendre six mois, tant pis.

Eve regardait toujours le sol et son visage était cerné de larmes.

- C'est dur, tu sais, répondit-elle doucement. J'ai envie de rien. J'ai à peine envie de vivre... C'est... C'est juste dur...

- Je sais. Mais ça va revenir. Tu dois laisser des gens venir à toi. Pas seulement moi, mais Chloé aussi. Partage ta vie avec d'autres personnes, sors un peu, va au cinéma, continue de jouer avec Victor et Gaëlle. Essaye de trouver un peu de bonheur et reste ici autant de temps qu'il faudra.

Un nouveau silence plana dans le bureau et la scène se figea. Adam, dans sa position martiale, fixait sa sœur, toujours tête baissée.

- Merci, lâcha-t-elle finalement, en pleurs.
- Oh, ne me remercie pas trop vite !

Eve leva les yeux, étonnée.

- Pourquoi ?

Adam ménagea son effet et laissa quelques secondes s'écouler. Il en profita pour reprendre sa position de travail et scruter son écran d'ordinateur.

- On reçoit du monde le week-end prochain, finit-il par lâcher. Nos chers parents viennent nous rendre visite. »

« Je te déteste ! »

Malgré son ironie évidente, la sentence d'Eve détenait un fond de vérité. La générosité de son frère à son égard l'empêchait de lui refuser quoi que ce soit. C'est pourquoi elle avait accepté sans trop rechigner de porter cette hideuse robe noire, en gage de bonne volonté envers ses parents. Adam avait insisté pour que les retrouvailles se fassent de la manière la plus diplomatique possible.

Évidemment, Marie-Françoise et Pierre Duval avaient été mis au courant des récents déboires de leur fille. Malgré le silence qu'elle leur infligeait, ils venaient régulièrement aux nouvelles auprès d'Adam.

Ils avaient raté quelque chose dans l'éducation de leur fille. Ils avaient forcément raté quelque chose. Après tout, les choses s'étaient très bien passées avec leur premier enfant. Résultats scolaires irréprochables, phase de rébellion passagère durant l'adolescence mais, globalement, une attitude et une réussite qui avaient tout pour rendre fiers ses parents.

Eve, en revanche, s'était écartée très tôt du droit chemin. A 10 ans, déjà, elle manifesta un rejet violent de la chose religieuse. Ses parents le vécurent mal. D'autant que les choses ne s'arrangèrent pas. A 15 ans, leur petite dernière se mit à fumer. A 17 ans, elle arrêta le lycée temporairement. A 18 ans, elle quitta le domicile familial. Et à 21 ans, elle partit à l'autre bout de la France s'installer avec son petit ami pour embrasser une carrière de caissière. Non, définitivement, ils avaient dû rater quelque chose dans l'éducation de leur fille.

En ce début d'après-midi, lorsqu'elle sonna à la porte d'Adam, Marie-Françoise était obsédée par cette idée. Elle était en colère contre sa fille et, plus encore, contre elle-même. Le Seigneur l'avait maintes fois mise à l'épreuve mais peut-être jamais de manière aussi profonde. A ses côtés, son mari, son roc, son phare se tenait droit, gardant irréductiblement sa posture rigide issue d'une longue carrière dans l'armée.

Chloé ouvrit la porte et les accueillit avec un grand sourire. Victor et Gaëlle dévalèrent les escaliers pour se jeter dans les bras de leurs grands-parents. Rires, embrassades, petits cadeaux pour les enfants, fleurs pour la belle-fille : tout était parfaitement exécuté. Manquait l'acte final.

Debout côte à côte dans le salon, Adam et Eve attendaient leurs parents dans une posture et des tenues aussi élégantes que ternes. Le tableau était si grotesque et caricatural qu'il n'y avait guère que les parents Duval pour l'apprécier. Eve supplia son frère d'un regard, mais celui-ci resta inflexible : ils accueilleraient leurs parents de la manière la plus appropriée. Quitte à se calquer sur leurs convictions et leur mode vie.

Adam était bien trop intelligent pour laisser une situation aussi explosive échapper à son contrôle. La présentation superflue n'était que la première partie. Et, à en juger par les mines réjouies de ses parents, cela fonctionna à merveille.

« Oh mes enfants, vous êtes si beaux, s'exclama leur mère, ajoutant sa propre théâtralité à la scène.

- Bonjour maman, lui répondit son fils adoré en s'approchant d'elle pour l'enlacer.

Eve ne bougeait pas et demeurait impassible. Elle n'avait pas vu ses parents depuis des années et, malgré le dégoût que lui inspirait leur mode de vie, une certaine émotion l'envahit. Cela se traduisit, en l'occurrence, par une paralysie momentanée.

Alors qu'Adam s'approchait de son père, Marie-Françoise se tourna vers sa fille et la scruta, des pieds à la tête, un vague sourire aux lèvres.

- Tu n'as pas beaucoup changé, lâcha-t-elle.

Eve ne répondit pas. Elle ne savait pas comment interpréter cette phrase et, plus important encore, ne savait pas comment y répondre.

- Bonjour, finit-elle par marmonner, les yeux au sol.

- J'aime beaucoup ta robe, enchaîna sa mère.

- C'est Adam qui m'a forcée.

La voix d'Eve ressemblait à celle d'une petite fille boudeuse. Une sonorité particulière qui sembla éveiller quelque chose. Elle leva le regard et croisa celui, doux et perçant, face à elle.

- Je m'en serais douté ».

Laissant l'émotion prendre le dessus, Marie-Françoise avança vers sa fille et la prit dans ses bras. Sous le choc, Eve n'esquissa pas le moindre geste et se laissa faire. Autour d'elle, les bras maternels étaient tremblotant et une voix sanglotante laissa échapper « ma fille, ma petite fille ». Près d'elles, Pierre et Adam regardaient la scène avec, pour l'un, la fierté d'être le chef d'une famille réunie, pour l'autre, la satisfaction d'un plan qui se déroule comme prévu.

Il était entendu que la suite serait moins glorieuse, bien que personne n'ait eu à s'en plaindre. Parents et enfants se saluèrent aussi poliment que possible, sans que l'émotion n'atteigne d'autre sommet. Personne ne fit allusion à l'incident survenu quelques jours plus tôt et aucun sujet sensible ne fut abordé. L'après-midi se déroula ainsi, entre monotonie et non-dits.

Eve s'éclipsa quelques minutes pour passer jean et t-shirt. Elle avait promis de mettre cette fichue robe, pas de la garder. Par la suite, elle ne prononça quasiment aucun mot durant la journée. Adam parla essentiellement politique avec son père, un sujet sur lequel ils n'étaient jamais d'accord. Et Chloé évoqua avec sa belle-mère les résultats scolaires exemplaires des petits. Tout allait pour le mieux dans la famille Duval, tant que les placards demeuraient fermés.

Vers 18 heures, les couples changèrent. Pierre devisa avec Chloé de la lenteur de la justice, tandis que Marie-Françoise tentait de convaincre son fils du bien-fondé d'une éducation religieuse chez un enfant. Eve, elle, ne décollait pas de son fauteuil et observait la scène. De temps en temps, quelqu'un essayait de l'impliquer dans la conversation mais sans succès. C'était sans doute trop, trop vite. Elle avait poignardé son patron moins de deux semaines auparavant, le type qui avait ruiné sa vie avait tenté de la rappeler, et voilà qu'elle renouait le contact avec ses parents. Plus de deux ans sans compagnie, quasiment coupée de la société, pour se trouver réintégrée en un clin d'œil à sa famille. Il y avait trop de choses à analyser, trop de sujets auxquels réfléchir. Si bien qu'au final, elle ne parvenait à rien.

Adam avait allumé la télévision. Une athlète d'Europe de l'Est tentait avec conviction de lancer un javelot le plus loin possible. Eve était assez férue de programmes sportifs, mais elle refuserait de le reconnaître. Parce qu'il s'agissait-là de la seconde passion de son père. Celui-ci avait d'ailleurs demandé énergiquement à ce qu'on ne change pas de chaîne. La retransmission sonna le glas de sa discussion avec Chloé, laquelle alla s'occuper du dîner. Quelle que soit la discipline retransmise, Pierre Duval était fasciné. Il éprouvait autant de joie à regarder un match de football qu'un gala de patinage artistique. C'était tout juste s'il ne bavait pas de plaisir.

« On aura beau dire ce que l'on veut, martela-t-il face à un 100 mètres, les meilleurs sprinteurs seront toujours noirs. C'est dans les gênes ces choses-là.

- Conneries !

Tous se tournèrent vers Eve, laquelle venait de prononcer nonchalamment un de ses premiers mots de l'après-midi. Adam lui jeta un regard lourd de reproches tandis que ses parents étaient totalement interloqués.

- Même si tu n'es pas d'accord, tu n'as pas besoin de la dire comme ça, tenta de minimiser Adam.

Sa sœur grogna, l'air totalement détaché. Elle avait exprimé son point de vue et ne semblait pas vouloir se lancer dans un débat de fond sur le sujet. De l'autre côté du salon, les mains de son père se crispaient à en blanchir les jointures.

- Il n'y a pas à être d'accord ou non, imposa-t-il, martial. C'est un fait. Les noirs courent plus vite tout comme les Kényans ou les Éthiopiens sont meilleurs en endurance. Il ne faut pas être un génie pour le constater.

- Conneries, répéta Eve, toujours aussi détachée.

Cette fois, sa mère laissa échapper un petit bruit d'indignation, tandis qu'Adam ne cachait pas sa colère. Sa belle petite mise en scène s'effondrait.

- Est-ce que tu pourrais être plus explicite ?, demanda Pierre, bouillonnant de rage intérieure.

- Non, c'est rien, oublie, lâcha sa fille, manifestement peu intéressée par un débat.

- Mais si, mais si, enchaîna son contradicteur, dont la fureur transparaissait clairement. Éclaire-nous ! Explique-moi pourquoi il y a systématiquement huit noirs en finale du 100 mètres ? Hein ? Et pourquoi les Kényans et les Éthiopiens gagnent toutes les courses de fond ? Pourquoi ? Ils ont des programmes spéciaux dans leurs pays ?

- Arrête papa, je veux pas rentrer là-dedans.

- Dis plutôt que tu sais que j'ai raison. C'est génétique.

Eve essaya de longues secondes de garder son sang-froid et de ne pas rentrer dans une énième polémique avec son père. Ils avaient passé leurs vies à se battre sur tous les sujets et elle n'avait aucune envie de remettre ça.

Elle leva enfin la tête et posa les yeux sur son détracteur. Celui-ci arborait un sourire fier et tenait sa télécommande comme un trophée. Clairement, il estimait avoir remporté un duel de haute lutte et ne cachait pas sa satisfaction. Oubliant ses bonnes résolutions, Eve se lança.

- J'imagine que quand les Anglais gagnent toutes les courses en cyclisme sur piste, tu mets ça sur le compte de la génétique. Que quand il n'y a pas un noir en finale du 100 mètres en natation, tu te dis que les blancs sont prédisposés à mieux nager. Tiens, je t'imagine bien, il y a quinze ans, débiter que le golf est un sport dans lequel les blancs sont meilleurs génétiquement. Tu sais ? Avant Tiger Woods…

Marie-Françoise se leva pour aller rejoindre sa belle-fille dans la cuisine. Adam, lui, écarta les bras dans un geste désespéré de conciliation. Mais tous connaissaient cette scène par cœur et savaient bien que les deux têtes de mules n'écouteraient personne.

- Ça n'a rien à voir, tonna Pierre, sourd aux arguments de sa fille.

- Tu sais bien que j'ai raison et que tout ça est culturel. Les meilleurs basketteurs sont noirs parce que c'est un sport qui est souvent pratiqué de manière communautariste. Il n'empêche qu'il y a d'excellents basketteurs blancs. Si les meilleurs sprinteurs sont noirs, c'est parce que c'est une discipline qui leur est assimilée et que, par effet d'identification, ils s'y mettent dès leur plus jeune âge.

Eve marqua un temps pour constater l'effet de chacune de ses phrases sur son père. Les coups portaient comme des uppercuts.

- Quant aux Éthiopiens et aux Kényans, ce sont le plus souvent des gens qui vont à l'école en courant dès leur plus jeune âge. Ça forge leur endurance et les rend bien meilleurs que les autres au même âge. Tu crois que c'est la génétique qui rend les Brésiliens meilleurs au foot ou les Néo-Zélandais au rugby ? Je me demande aussi si c'est la génétique qui a fait que c'est les Chinois qui ont gagné le plus de médailles aux derniers Jeux Olympiques...

- Ça va, ça va, je crois qu'on a compris, intervint Adam, lassé de voir cette énième empoignade. Vous allez encore vous chamailler pendant des heures et, à la fin, chacun campera sur ses positions. Si on oubliait ça et qu'on prenait un petit apéro, hein ? Vous en pensez quoi ? »

Il n'obtint aucune réponse. Chacun demeurait prostré, Pierre fixant l'écran et ruminant de rage, Eve, les yeux posés sur son père, toujours inexpressive.

Une heure plus tard, tout le monde était à table. Chloé avait cru bien faire en donnant leur dîner aux enfants plus tôt. Mais sans leur présence, rien ne s'opposait à une dispute familiale comme les Duval en avaient le secret. Les bonnes intentions de l'après-midi s'étaient évaporées et la tension était palpable.

Adam avait réussi à servir de l'alcool à chacun. De quoi détendre l'atmosphère pensait-il. De quoi échauffer les esprits, aussi. Les interminables minutes précédant le dîner furent silencieuses, chacun regardant la télévision ou lisant distraitement le journal. Le salon était relativement grand et son agencement faisait converger tous les meubles vers l'immense écran. Eve pensa en elle-même que cela était symptomatique du genre de vie de couple qu'avait son frère.

L'ambiance était donc on ne peut plus glaciale au moment de passer à table. Le si beau plan qu'Adam avait élaboré était déjà tombé à l'eau avant d'aborder cet instant critique.

Chacun prit place et se regarda dans le blanc des yeux. Après une seconde d'hésitation, Chloé saisit un plat de carottes râpées et en proposa à sa belle-mère. Celle-ci, feignant la surprise, la reprit de volée.

« Enfin, ma chère, et le bénédicité ?

Eve leva les yeux au ciel, tandis qu'Adam se lança dans une longue explication. En effet, sa femme et lui étaient agnostiques et essayait tant bien que mal d'élever leurs enfants dans un environnement laïque. C'était pourquoi crucifix, bibles et démonstrations religieuses étaient soigneusement évitées. L'argumentaire ne sembla pas convaincre une seconde ses parents.

- Mais nous avons toujours fait le bénédicité ensemble, Adam, ajouta Pierre, incrédule. Rappelle-toi quand tu étais petit, tu adorais ça.

- Quand j'étais petit, papa. Je suis un grand garçon maintenant, tu sais, et je fais mes propres choix. Maintenant, s'il vous plaît, respectez nos croyances. Quand je viendrai manger chez vous, on fera tous les bénédicités que vous voulez.

Le ton d'Adam ne souffrait d'aucune contestation. Sa fermeté fit un bien fou à sa sœur, convaincue à tort qu'il prendrait toujours le parti de ses parents. Depuis qu'elle était arrivée chez lui, Eve avait pu constater combien Adam savait se montrer diplomate dans les relations humaines, à défaut d'en comprendre la nature.

- Mais nous respectons tes croyances, enfin vos croyances à tous les deux, crut bon d'ajouter Marie-Françoise. Mais ce bénédicité est comme... une tradition familiale pour ainsi dire. Vraiment, je ne me vois pas savourer correctement ce repas sans...

- Et bien tant pis !, explosa Chloé.

Jusqu'ici, elle avait su conserver son sang-froid et avaler toutes les couleuvres que les Duval avaient pour elle. Mais c'en était trop et le spectacle affligeant de cette famille en lambeau la révoltait au plus haut point.

- Vous êtes ici chez Adam mais aussi chez moi ! Je veux bien vous écouter vous battre sur la génétique dans le sport ou sur la peine de mort pendant des heures, pas de problème. Vous pouvez même vous insulter devant moi si ça vous chante. Mais cette maison fonctionne selon certaines règles. L'hospitalité en est une, la laïcité aussi. J'ai passé des heures à cuisiner ce repas alors, si cela n'est pas trop vous demander, nous allons manger pendant que c'est chaud. »

L'atmosphère, elle, s'était encore refroidie. En sortant de sa réserve, Chloé avait tracé une ligne symbolique à ne plus franchir. L'attitude des trois convives avait été totalement déplacée à plus d'une reprise et chacun en prit conscience à cet instant. Adam, quant à lui, ne pouvait que constater les ruines des retrouvailles familiales en lesquelles il avait placé tant d'espoir. Eve n'était pas prête à pardonner à ses parents. Et vice-versa. Chacun était convaincu que l'autre avait tort et, tant que personne n'entrouvrirait la porte, cette famille serait irréconciliable.

Le dîner se déroula donc dans la plus parfaite et hypocrite diplomatie. Chloé fut complimentée à plusieurs reprises sur la qualité de sa cuisine et les discussions restèrent prudemment axées autour des vies professionnelles et des enfants de la maison. Pour Eve, la soirée n'avait servi à rien. Pour Pierre et Marie-Françoise, elle constituait un motif de déception supplémentaire.

On prit le café dans le salon, assis face à une émission de variété. Puis tous allèrent se coucher, l'esprit amer, confus voire dépité.

5

Eve trouva la maison vide à son réveil. A 11 heures 15, il n'était pas difficile de deviner où tout le monde avait disparu. La « presque dispute » de la veille, la proximité de l'église et le goût d'Adam pour la médiation donnaient une nette indication. On était dimanche...

Dépitée mais loin d'être surprise, Eve traîna son corps endormi jusque la cuisine et se servit une tasse de café. L'espace d'un instant, le spectre de sa vie solitaire réapparut. La lumière triste et froide d'un dimanche matin. Les programmes consternants de la télévision. Les murs vides, la sensation cotonneuse d'être là sans y être. Seule manquait l'odeur de tabac, ce qui poussa Eve à sortir sur la terrasse fumer sa première cigarette de la journée. Vêtue d'une doudoune noire couvrant un peignoir rose bonbon, elle se surprit à penser à son apparence. Et à se trouver ridicule. Cela l'amusa un instant. En tirant le fil de ses pensées, Eve constata qu'elle n'était jamais si bien que seule, mais que pour rien au monde elle ne quitterait la maison d'Adam de son plein gré. Elle ne voulait plus revoir Guilangers, Toulette, Julien. Penser à son ancien appartement lui donnait la nausée. Son frère avait raison : elle n'était pas prête. Voler de ses propres ailes était un objectif qui paraissait bien lointain. Mais un objectif malgré tout. Un jour, elle oublierait vraiment Thomas pour de bon. Un jour, elle quitterait cette maison pour retourner chez elle. Mais un autre chez elle, pour une autre vie, peut-être même avec des amis, un petit-ami...

Un petit bruit la fit sursauter. Celui d'une larme sur le bout incandescent de sa cigarette. Eve pleurait. Sur ces années gâchées, sur la perspective d'un brin de bonheur, sur la générosité de Chloé et Adam, elle pleurait sur toute sa vie, passée, présente et future. Prise d'une énergie nouvelle, résolue et déterminée, elle écrasa son mégot et rentra dans la maison. Après avoir pris une douche et s'être habillée de la manière la plus élégante possible, la jeune femme redescendit les escaliers et prit la direction de la cuisine. Là, n'écoutant que ses résolutions nouvelles, elle se mit en tête de préparer un apéritif amélioré pour sa famille. Rien de bien exceptionnel, mais un peu de pâte feuilletée, quelques saucisses et des graines de sésame lui suffirent à concocter de quoi accompagner les cacahuètes et les chips. Pour achever de faire bonne figure, Eve installa une petite table dans le salon, où elle disposa un verre pour chacun, un bol de glaçons, un large éventail de bouteilles et tout ce qu'elle put trouver pour grignoter. Il s'agissait sans doute là d'une intrusion dans le garde-manger de ses hôtes, mais elle avait l'intention et l'impression de bien faire. Et chacun serait bien obligé d'admettre qu'il s'agissait d'un véritable pas en avant.

Un peu après midi, la porte d'entrée s'ouvrit. La famille Duval revenait, effectivement, de la messe, manifestement très satisfaite du service. Eve, elle, se tenait droite et à peu près souriante à côté de sa présentation. A sa vue, la scène se figea. Ses parents la dévisagèrent tandis qu'Adam semblait tellement surpris qu'il regarda autour de lui si tout allait bien. Seuls Chloé et les enfants s'extasièrent devant le tableau.

« Oh Tata, tu es trop jolie, cria Victor en se jetant dans ses bras.

- Tu as préparé des feuilletés, remarqua Chloé. Merci beaucoup !

Le reste de la famille n'avait toujours pas digéré la surprise.

- J'espère que vous aimez ça, bredouilla timidement Eve.

- Mais bien sûr ma chérie, c'est parfait, répliqua finalement sa mère, extraite de sa torpeur.

- Ça a l'air appétissant », sourît Pierre, poliment.

Et tandis que chacun prenait place autour de la table à l'invitation d'Eve, Adam s'approcha lentement d'elle et la serra dans ses bras.

« Je suis fier de toi, lui murmura-t-il à l'oreille. Avec Chloé, on a voulu calmer le jeu en allant à la messe avec les enfants. Merci de faire des efforts ». Il l'embrassa sur le côté de la tête et alla s'asseoir à son tour. A cet instant, pendant quelques secondes, Eve se sentit bien.

Pendant de longues minutes, cela aurait pu ressembler à un dimanche en famille tout ce qu'il y a de plus classique. Tous réussirent à mettre de côté leurs différends pour savourer l'apéritif préparé par Eve. Ses parents étaient soulagés de voir qu'elle était toujours capable de mettre en place quelques schémas sociaux. Pierre était sans doute plus terre-à-terre, ou plus cynique, mais il avait renoncé depuis longtemps à obtenir quelque satisfaction que ce soit de sa fille. Marie-Françoise, elle, priait pour son salut et espérait qu'elle ne se drogue pas. Or, ce dimanche-là, ils prirent conscience tous deux qu'Eve n'était pas perdue. Simplement, sans doute, une brebis égarée de plus. Peut-être d'ailleurs était-ce le moment d'essayer de la remettre dans le droit chemin. Marie-Françoise s'en serait voulu de ne pas essayer.

Après le copieux apéritif, Adam invita sa famille à prendre place à table. Ce fut le moment que choisît sa mère pour voir jusqu'où elle pourrait pousser les choses. Dans une posture solennelle, elle resta debout et attendit que le silence se fasse.

« Mes enfants, je voulais juste vous dire que je suis très heureuse d'être avec vous aujourd'hui, sourît-elle. Cela faisait longtemps, c'est vrai. Je suis contente de voir que ta famille va toujours bien, Adam. Et toi, Eve, j'espère que les choses vont aller de mieux en mieux pour toi.

Assez curieusement, la jeune femme se sentit touchée par les paroles de sa mère. Décidément, cette journée était pleine de surprise ! Elle jeta un œil vers Adam, lequel la regardait avec un sourire entendu. Mais Marie-Françoise poursuivit.

- Je sais que vous ne partagez pas notre foi. Votre père et moi avons toujours essayé de vous élever dans l'amour du Christ, mais quelque chose n'a pas fonctionné.

Une larme naquit au coin de son œil droit. Son mari voulut poser sa main sur la sienne, mais elle refusa le geste et essaya de reprendre de la contenance.

- Nous avons voulu ce qu'il y a de mieux pour vous. Et ce qu'il y a de mieux, c'est la paix du Christ. Qu'il vous accepte dans son royaume. Mais avec vous, cela n'a pas marché.

Elle pleurait maintenant abondamment, sans cacher la colère qui l'animait. Ses mains tremblaient, tout comme sa lèvre inférieure. Son discours avait été émouvant, mais elle en avait perdu le contrôle. Ses mots lui échappaient totalement et elle avait oublié son intention initiale.

- Peut-être n'en êtes-vous pas dignes après tout, finit-elle par lâcher. Hier nous vous demandions un simple bénédicité et vous vous êtes ligués contre nous. Vous vous êtes ligués contre Dieu ! Pour toi, Adam, il y a peut-être encore un espoir. Jésus peut te pardonner. Mais toi Eve, toi...

Personne ne sut ce qu'elle aurait pu dire si Adam ne lui avait pas crié de se taire. Il avait tellement de haine dans son regard. A côté, Pierre ne disait rien et regardait placidement devant lui, signe qu'il approuvait les propos de sa femme. Les enfants et Chloé avaient quitté la pièce dès que le monologue avait dérapé. Au bout de la table, Eve, une fois n'était pas coutume, laissait transparaître une expression : la tristesse. Elle avait dû être surprise mais, désormais, elle apparaissait totalement abattue.

Pierre se leva et réajusta sa veste de costume. Plus glacial que jamais, il rangea sa chaise et jeta un regard perçant à ses enfants.

- Je crois que nous allons y aller. Ce week-end a été, me semble-t-il, édifiant. Merci pour ton accueil Adam. Au revoir ».

Puis, sans rien ajouter pour sa fille, pour Chloé ou ses petits-enfants, il prit la direction de la chambre d'ami et récupéra ses affaires. Puis, suivi par Adam qui le suppliait mollement de rester, il se contenta de sortir. Marie-Françoise, priant entre ses lèvres, le suivit à petits pas, sans un mot. Elle en avait sans doute déjà dit assez.

Voilà. En quelques minutes, la bonne ambiance qu'Eve avait fait l'effort d'instaurer avait été ruinée par... Par quoi ? Par la nature de ses parents. Adam avait dû être très persuasif pour qu'ils ne la réveillent pas pour la messe. Peut-être auraient-ils dû ? Tout le monde aurait gagné du temps. Et même de l'énergie, dans le cas d'Eve. Voilà ce qui arrivait quand elle faisait des efforts, quand elle entrouvrait la porte. Ses parents s'y étaient engouffré avec toutes leurs bondieuseries et d'autres le feraient avec leurs convictions. Elle ne pourrait jamais être à l'abri. Elle s'était ouverte à Thomas et le résultat avait été d'une violence extrême. Elle venait de s'ouvrir à sa famille, elle avait ri un peu, et sa tête tournait encore de la gifle qu'elle avait reçue en retour.

Elle se leva, sans regarder son frère. Adam n'avait pas bougé, hébété, les yeux rivés sur son verre.

« Je vais m'allonger un peu », annonça Eve.

Son frère resta silencieux et la laissa prendre le chemin de la chambre d'amis.

Bon sang ce qu'elle détestait ces réveils digitaux à chiffres rouges ! Eve grogna lorsqu'elle ouvrit les yeux directement sur l'appareil. 21:06. Elle garda l'heure littéralement gravée dans le regard pendant quelques instants.

Pour une sieste, ce fût une sacrée sieste. Eve s'était effondrée directement après l'accident de la mi-journée et avait sombré dans un sommeil sans rêve. Décidément, son corps et son esprit réclamaient du repos. Quelque chose qu'elle n'aurait jamais eu à Guilangers. Surtout pas avec ce travail et ces collègues.

Elle avait dormi plus de sept heures, bien trop pour espérer enchaîner par une nuit complète. Lasse mais revigorée, Eve s'extirpa de son lit, enfila un pull et prit la direction du salon.

La télévision plongeait la pièce dans une lumière tamisée assez triste. Assis à la même place que son père la veille, Adam regardait distraitement une chaîne d'information en continu, une bouteille d'eau gazeuse à la main. Ses traits étaient tirés mais il conservait son élégance naturelle.

« Adam ?

Il se retourna en sursaut. Clairement, il ne s'attendait pas à voir quelqu'un venir chambouler son calme dimanche soir.

- Eve... Je me demandais si tu te réveillerais un jour !

- Ouais, j'ai quand même dormi toute la journée. Mais du coup, j'ai plus sommeil.

Silencieusement, elle alla prendre place à côté de son frère. A la télévision, deux hommes politiques s'envoyaient des considérations stériles sur le chômage grandissant. Adam avait l'air de s'intéresser distraitement à la question. Par moment, il anticipait les réponses de l'un ou de l'autre en les murmurant à l'avance. Eve assistait plus au spectacle de son frère dans ses œuvres plutôt qu'aux propos inintelligibles des deux élus.

- Putain, t'es impressionnant !

Adam se contenta de sourire mystérieusement. Tout en ne cachant pas le plaisir que lui inspirait le compliment.

- Figure-toi que celui de gauche, celui avec la cravate rouge, il est beaucoup moins sympa qu'il n'en a l'air.

- Tu le connais ?

- C'est le secrétaire d'État à l'Emploi, répondit Adam, toujours disposé à faire étalage de son savoir. Il est quand même assez important. Je l'ai rencontré dans un comité interministériel.

Bien sûr, tout ceci était censé impressionner Eve. Mais elle n'avait pas la moindre idée de ce dont il parlait. Cela dit, elle lui reconnaissait une intelligence hors du commun, bien au-delà de la sienne.

- Adam ?

- Oui ?

- Jusqu'où tu as l'intention d'aller dans la politique ?

Un léger silence s'installa, durant lequel Eve eu tout le loisir de constater l'effet de sa question. De toute évidence, son frère se l'était déjà posée.

- Je suis surtout un technicien, pas un élu, répondit-il simplement. Donc ça sera surtout une question d'opportunité.

- Et si elles viennent, les opportunités ?, glissa Eve, malicieuse.

Adam éclata de rire et but une gorgée d'eau. Il avait décidément toutes les mimiques du parfait homme politique.

- Si elles viennent, je devrais peut-être déménager à Paris...

Tous deux sourirent de leur côté et reprirent le cours du débat. Les deux protagonistes échangeaient désormais sur le mariage homosexuel, thème qui intéressait moins Adam qu'Eve. Cependant, tous deux observèrent une période de silence de plusieurs minutes.

L'atmosphère de la pièce était paresseuse. La lumière tamisée coupait toute énergie et l'ambiance même de la journée ajoutait quelque chose de lourd. Eve et Adam eux-mêmes somnolaient à leurs places, l'une à peine réveillée, l'autre sur le point de sombrer.

- Tu te souviens quand tu as fait croire aux parents que tu étais homo ?, lança Eve, se souvenant soudain d'une anecdote d'adolescence.

- Maman s'était évanouie, répondit Adam, hilare. Et Papa avait recraché son vin par le nez.

Tous deux riaient de bon cœur désormais, la mémoire leur revenant clairement.

- Et toi tu continuais à jouer le jeu. Leur monde s'écroulait et toi tu restais sérieux. Franchement, c'était la meilleure blague possible.

- C'était surtout le meilleur public possible ! J'ai rencontré beaucoup de monde, mais je crois que ce sont les personnes les plus croyantes que je connaisse.

Cette dernière remarque calma légèrement le comique de la scène. Leurs parents, la religion... Le souvenir de l'épisode survenu plus tôt dans la journée était encore trop vif. Et il faudrait bien en parler.

- C'est marrant, quand j'ai fait cette blague, tu devais avoir 15 ou 16 ans. Et à aucun moment tu n'y as cru. Je pensais vous choquer ou au moins vous surprendre tous les trois mais toi, c'est comme si tu étais au courant que c'était une farce.

- Non, c'est pas ça. C'est juste que ça ne me faisait ni chaud ni froid que tu sois gay ou pas. Tu es mon frère et, honnêtement, je me foutais pas mal de savoir si tu te tapais un mec ou une nana. Je m'en fous toujours d'ailleurs.

- Sauf que j'ai des enfants..., souligna Adam.

- Mais t'aurais pu les adopter.

Adam ne souhaita pas poursuivre cette discussion. Elle n'avait pas lieu d'être. Il n'était pas homophobe, simplement hétérosexuel. Marié et père de deux enfants. Heureux, autant qu'on pouvait l'être.

- Adam ?

Eve l'interrompit dans ses réflexions. Mais elle avait besoin d'en parler.

- Oui ?

- Thomas m'a appelée...

Son frère ne cacha pas sa surprise, teintée d'inquiétude.

- Thomas ? Mais... Quand ?

- Le jour de mon anniversaire. Le soir avant que j'agresse Toulette.

Elle parlait d'une voix claire, mais blanche. Il était évident qu'évoquer le sujet lui était pénible.

- Et il t'a dit quoi ?

- Il m'a souhaité joyeux anniversaire. Et je me suis évanouie.

Adam gardait les yeux écarquillés, estomaqué.

- Alors quoi ? Le type te laisse au milieu de nulle part, te brise le cœur après que tu lui aies voué ta vie, t'oublie pendant deux ans et là, boum, il amène les cotillons et le champagne pour fêter ton anniversaire ? Il est pas croyable ce mec !

Il trépignait sur place et faisait de grands gestes avec les bras pour appuyer son agacement. Cela amusa Eve de voir son frère s'énerver comme cela.

- Et c'est tout ? Il n'a pas essayé de te rappeler ?

- Si, il m'a laissé un message. Joyeux anniversaire et c'est à peu près tout.

Adam leva les yeux et les bras au ciel. Il expira fort, secoua la tête, manifesta tous les signes de l'exaspération avant de se reprendre.

- Écoute, je ne sais pas pourquoi il t'a appelée. Et on ne le saura probablement jamais. Mais, je vais te dire : on s'en fout. Il faut que tu mettes ça derrière toi. Ça commence par là.

Il marqua une pause avant de reprendre.

- C'est pour ça que tu as pété un plomb ?, finit-il par demander, beaucoup plus calmement.

- En partie, oui. Du coup, j'ai mal dormi, je suis arrivée en retard au boulot. L'effet boule de neige. J'étais peut-être trop sur la corde raide.

Elle regardait le sol, assise en tailleur sur le canapé. Son expression était infiniment triste.

- J'ai été tellement conne, Adam. De le suivre comme ça, de me rendre dépendante à lui. Je n'existais même plus par moi-même. Depuis, je n'existe plus du tout. Je me traîne ici et là, je ne fais rien et, quand il me rappelle, je pète les plombs. Je suis conne de le laisser me torturer comme ça.

Par instants, elle se tenait le visage dans les mains. La honte et le remord la submergeaient. Mais elle s'essuya les yeux et rassembla un peu de courage pour regarder son frère dans les yeux.

- Tout ce que tu fais pour moi... M'accueillir ici, essayer de renouer le contact avec les parents, être gentil avec moi... Tu n'es pas obligé, tu sais. Je ne mérite pas tout ce que tu fais pour moi...

Adam regarda longuement sa sœur. C'est vrai, elle n'était pas très jolie. Elle était loin, en tous cas, des canons de beauté des années 2010. Elle ne faisait rien pour s'en rapprocher d'ailleurs. Mais lui la trouvait belle. Et il l'aimait. Pas uniquement parce que c'était sa sœur, mais parce qu'il voyait en elle toute la bonté et la générosité cachés derrière cette large carapace. Et il souhaitait la voir épanouie.

- Eve ?

- Oui ?

- Tu penses vraiment que tu ne mérites pas que je t'aide ?

Elle hésita quelques instants, l'air toujours honteux.

- Oui.

Adam laissa passer quelques secondes puis, lentement, se leva. Il s'approcha de sa sœur et, avant de prendre le chemin de sa chambre, déposa un baiser sur son front.

- C'est vrai que t'es conne, des fois ».

6

Le tonnerre la réveilla en sursaut. Elle était allongée sur le canapé du salon. La pièce était sombre, mais quelque chose semblait artificiel dans cette pénombre. Quelqu'un l'avait couverte d'un plaid dont elle se défit pour aller à la fenêtre. On était en plein jour, pas de doute, mais le ciel était noir de nuit, la pluie tombait abondamment et des éclairs transperçaient le ciel régulièrement. La pendule indiquait presque 13 heures.

Elle avait dû s'endormir peu de temps après qu'Adam l'ai laissée. Un vague souvenir de film d'horreur lui revint en tête. Des lycéens qui partent en vacances, ils se perdent en forêt, etc. Qu'importe : elle avait encore dormi plus de 12 heures.

Son corps réclamait du café. Apathique, Eve traîna sa carcasse jusque la cuisine où elle trouva un mot de son frère. « Partis au boulot. Les enfants sont à l'école. Repose-toi bien. C&A ». La bouilloire s'agitait. Elle saisît un mug, se servit sa dose habituelle puis tenta de concevoir le meilleur plan pour fumer sans être trempée.

Quelques minutes plus tard, Eve se trouvait sous la porte ouverte du garage, café et cigarette dans les mains. Le temps ne s'arrangeait pas. La technique qui consistait à compter le temps qui s'écoulait entre un éclair et son claquement ne mentait pas : l'orage s'approchait. Eve se sentait encore un peu endormie, mais sa peur était bien vive. Quelque chose dans cette tempête ne lui plaisait pas du tout. Elle qui, d'ordinaire, adorait les éclairs et le tonnerre devait bien admettre que jamais elle n'avait vu un temps pareil.

Médusée, elle laissa même sa cigarette se consumer seule. Qu'importait les intempéries, elle était à l'abri à l'intérieur. La tôle de la porte du garage fit un bruit ridicule en se fermant. Dans la cuisine, la fin refroidie de son café prit le chemin de l'évier tandis qu'elle se dirigeait vers la douche.

Le reste de l'après-midi passa. Sans problème particulier, avec beaucoup d'ennui. Après avoir zappé sur des programmes aussi abrutissants les uns que les autres et englouti une assiette de pâtes, Eve s'était mise en tête de lire l'ouvrage que Chloé avait publié sur la justice et les enfants. Il était paru l'année précédente et avait connu un certain succès dans les milieux concernés. Le ministre de la Justice en personne l'avait cité en référence. En tous cas, c'était ce qu'Adam lui avait dit. Eve, de son côté, en était à la page 26 quand elle abandonna tout espoir d'en comprendre le contenu. Décidément, ce séjour chez son frère, si bénéfique fût-il, la renvoyait constamment à son propre manque de culture.

Le téléphone sonna. Par principe, elle décida de ne rien faire. Pas question de devoir répondre à un député ou quelque chose comme ça. Elle ne voulait pas faire passer ses hôtes pour des imbéciles. Après un moment, le répondeur se mit en marche.

« Eve, c'est Adam, si tu es là, réponds s'il te plaît.

Elle se jeta sur le combiné.

- Je suis là.

- Ah, je suis rassuré. On est en pleine tempête ici. Des vents record, des pluies torrentielles. Et tu verrais le nombre de pannes d'électricité. Comment ça va ?

- Ben moi ça va, je reste à l'intérieur. Mais il y a le même temps ici.

- D'accord. Écoute, j'ai un service à te demander. La baby-sitter qui garde Gaëlle et Victor après l'école ne peut pas se déplacer. Je viendrais bien les chercher moi-même, mais il y a un boulot de dingue à faire ici...

- Pas de souci, répondit Eve du tac-au-tac. Je vais y aller.

- Merci. Fais attention à toi. Et si tu vois que tu ne peux pas y arriver, téléphone à l'école. En cas d'urgence, ils pourront toujours les garder jusqu'à ce que ça se calme.

- Ça ira. Je te rappelle quand j'ai ramené les enfants.

- Tu me sauves la vie, Eve ».

Elle sourit en raccrochant. Elle, lui sauver la vie ? Peu rassurée malgré tout, elle enfila un imperméable, s'arma d'un parapluie et entreprit de rejoindre l'école. En temps normal, le trajet prenait moins de dix minutes. Mais, précisément, le temps n'était pas normal.

Lorsqu'elle ouvrit la porte, une poubelle lui passa à quelques centimètres du visage. Son niveau de confiance était au plus bas et elle envisagea, quelques secondes, d'appeler l'école. Mais l'image de son neveu et de sa nièce seuls dans une salle de classe avec une telle tempête la galvanisa. Le bruit assourdissant, mélange du vent tourbillonnant autour d'elle, de la pluie torrentielle et des objets emportés, lui vrillait les oreilles. Régulièrement, le tonnerre lui soulevait le cœur d'un claquement violent.

Après plusieurs tentatives, elle oublia le parapluie. Impossible de l'ouvrir avec de telles bourrasques. Ses pas étaient grands et lents, la pluie lui fouettait le visage. L'expérience aurait été revigorante si les éclairs ne venaient pas la faire sursauter régulièrement. Les automobilistes roulaient au pas quand ils ne s'arrêtaient pas complètement sur le bas-côté, où les arbres étaient pliés à plus de 45 degrés et certaines tuiles s'envolaient.

Eve avançait péniblement et, à mi-chemin, se trouva déjà épuisée. Comment Gaëlle et Victor pourraient affronter une telle tempête ? Sans doute serait-il plus prudent qu'elle attende avec eux dans l'école. Une voiture s'arrêta à côté d'elle et se proposa de l'amener plus loin. Mais le conducteur allait dans l'autre direction et ne semblait pas spécialement enclin à faire un détour. Comment le lui reprocher ? Il faisait quasiment nuit tant le ciel était obscur. La pluie battait sur son visage et sur tout ce qui l'entourait. Le vent la secouait plus fort que jamais et lui faisait perdre l'équilibre régulièrement. Le vacarme permanent était tel qu'elle n'entendait même pas le choc des objets emportés par le vent contre les voitures ou les maisons. Cette tempête faisait bourdonner sa tête en plus de l'épuiser et elle faillit plusieurs fois chanceler. Jamais, jamais elle n'avait connu un temps pareil.

Après presque une demi-heure d'une marche pénible et harassante, Eve parvint enfin à rejoindre l'école primaire Victor-Hugo. En franchissant la porte d'entrée, elle put constater que ses neveu et nièce étaient loin d'être les seuls à être bloqués. Dans le hall, deux femmes et un homme tentaient de divertir et de calmer les jeunes élèves à grands renforts de chansons. La scène était d'autant plus marquante que les professeurs avaient l'air aussi terrifiés que les enfants. Le vent sifflait toujours au-dehors, si bien que le tonnerre et les chants peinaient à en couvrir le bruit.

« Bonjour, bredouilla Eve, détrempée et tremblotante de fatigue.

Une des deux femmes se détacha du groupe et vint à sa rencontre.

- Bonjour madame. Je peux vous aider ?

- Pardon... Oui... Je... Je suis la tante de Gaëlle et Victor Duval. Je viens les chercher.

- Oui, bien sûr, leur tante, répondit la jeune institutrice, d'un ton soudain enjoué. Ils ne parlent que de vous.

Elle se tourna vers le groupe et appela les deux enfants.

- Victor, Gaëlle ? Regardez qui est là !

Tous deux levèrent le nez et mirent quelques secondes à reconnaître Eve. Enfin, ils bondirent à sa rencontre et la serrèrent contre eux.

- Comment vous allez ?, demanda-t-elle.

- Ça va, répondit Victor, un peu hésitant. Les maîtresses et le maître nous chantent des chansons.

Eve fut soulagée de les voir à peu près sereins. Elle-même ne savait plus vraiment comment elle se sentait. Cette tempête l'avait trempée, épuisée et sa tête n'en finissait plus de tourbillonner.

- Venez avec moi, je vais vous donner une couverture et quelque chose de chaud, proposa l'institutrice, toujours aimable malgré les circonstances.

- Merci, marmonna Eve, mais on va y aller. Leurs parents vont s'inquiéter. Allez, venez les enfants.

Elle fit quelques pas hésitants vers la porte, mais personne ne la suivit. Les enfants étaient bien trop terrifiés par les trombes d'eau et les bourrasques de vent. La tempête était à la porte et donnait l'impression de vouloir entrer. Des objets venaient frapper contre les fenêtres et faisaient sursauter enfants et adultes, déjà peu rassurés par le bruit constant, mélange de sifflements et de coups de tonnerre. L'institutrice, restée muette de surprise, vit son collègue venir lui prêter main forte.

- Attendez madame, vous croyez vraiment que c'est une bonne idée ?

L'homme était un jeune quarantenaire, corpulent et barbu. Son air bonhomme était compensé par une voix caverneuse qui lui conférait une autorité certaine.

- Je veux rentrer, je veux juste rentrer avec les enfants, parvint à dire Eve, d'une voix à peine intelligible.

Elle fit deux pas vers l'avant et ouvrit la porte d'entrée. Immédiatement, la moitié du hall fut envahi d'un vent glacial et puissant, qui vit valser les objets les plus légers. Les chaises en plastique vinrent se fracasser contre les murs et ajouter au vacarme ambiant. Les cris des enfants étaient à peine audibles, étouffés par la tempête et la pluie battante.

Le manteau que Victor tenait dans la main fut emporté par le souffle et traîné jusqu'au dehors. Paniqué, le garçon lâcha un cri d'effroi et partit à la poursuite du vêtement. Les deux professeurs lui crièrent de s'arrêter mais le petit n'entendit rien d'autre que son instinct. Il devait récupérer son manteau. Eve, elle, n'avait toujours pas les idées claires et observa la scène quelques instants. Victor passa juste à côté d'elle et lui prit la main pour l'embarquer dans sa course. Totalement déboussolée, elle se laissa faire avant de stopper son neveu dans son élan, in extremis.

- Il ne faut pas aller dehors, lui dit-elle d'une voix morte.

- Mon manteau, il faut que je reprenne mon manteau, hurlait l'enfant en boucle, sa voix largement recouverte par le sifflement du vent et les éclats de la foudre.

Tant bien que mal, Eve le maintenait, tandis que les deux professeurs ne savaient pas comment intervenir. Tout aussi paniqués que les autres, ils conservaient quelques mètres de distance, persuadés qu'Eve avait les choses en main.

Le vent allait et venait dans la grande salle. La pluie fouettait le visage des plus proches de l'entrée. Profitant d'une très relative accalmie, Victor se détacha de sa tante et s'enfuit à l'extérieur, à la poursuite de son précieux manteau. Les cris effrayés des enfants et de leurs professeurs sortirent Eve de sa léthargie.

Soudain consciente de la situation, elle fit un tour sur elle-même, prise de panique et partit à la poursuite de son neveu.

Dans la rue, le spectacle était apocalyptique. De lourdes branches d'arbres s'étaient détachées, explosant plusieurs parebrises de voiture. Les égouts vomissaient le trop-plein de pluie, tout comme les cours renfermées des maisons alentours. Le ciel, lui, demeurait plus noir que jamais et le tout perturbait la visibilité. Sans compter qu'il était impossible d'entendre quoi que ce soit d'autre que les bourrasques, les battements de la pluie et le tonnerre. Parvenue au bord du trottoir, Eve appela son neveu mais son cri se perdit dans le vent. Aucune trace de lui. Plus terrifiée que jamais, elle avança jusqu'au milieu de la route et aperçut, finalement, le petit garçon à une vingtaine de mètres. Il poursuivait, sans succès, son fameux manteau et ne parut pas se rendre compte qu'il se trouvait également sur la route. Eve se précipita vers lui avec d'autant plus de hâte qu'une voiture approchait à vive allure, les phares dirigés vers l'enfant.

Victor s'empara enfin de son vêtement et le brandit fièrement en direction de sa tante. Le véhicule, lui, remarqua enfin sa présence sur la route et essaya de freiner. Mais la chaussée était trop mouillée et la voiture se mit à glisser inexorablement dans la direction du petit garçon. Le choc était inévitable. Victor leva les yeux et demeura hypnotisé par les phares fonçant vers lui.

Eve termina sa course par deux grandes foulées lui permettant d'arriver sur son neveu la première. Dans un geste instinctif, elle le poussa sur le côté et prit sa place sur la trajectoire du véhicule.

Lorsque l'instituteur arriva sur place, quelques secondes plus tard, il trouva Victor en pleurs aux côtés de sa tante. Le sang coulait dans l'eau de pluie et le vent soulevait les cheveux de la jeune femme, laissant apparaître une large plaie sur le côté du crâne. Son corps gisait désarticulé sur le sol.

Lorsque l'ambulance arriva enfin sur les lieux, cela faisait déjà de longues minutes qu'elle était inconsciente…

7

Eve ouvrit les yeux et dût les refermer immédiatement. Tout autour d'elle était d'un blanc éblouissant et il lui fallut plusieurs minutes pour s'y accoutumer.

Il n'y avait ni forme, ni altération de la couleur. Rien. Du blanc à perte de vue. Eve leva les mains devant ses yeux. Non, elle n'était pas aveugle. Elle était même capable de marcher. Mais l'endroit où elle se trouvait était invariablement blanc.

Était-elle morte ? Impossible de le savoir. Elle se pinça et ressentit de la douleur, mais cela ne voulait rien dire, évidemment. Plusieurs minutes passèrent durant lesquelles elle tenta d'apercevoir quelque chose. Sans succès.

Le sol était cotonneux, d'une souplesse extrême. Comme un matelas gigantesque, ou l'idée qu'on pourrait se faire d'un nuage. Au loin, aucun horizon. Au-dessus de sa tête, le même blanc.

Eve fit quelques pas en avant et se laissa tomber délibérément. Sans surprise, elle ne subit aucun choc. La douceur du sol la réceptionnait. C'était assez amusant. Sans doute un peu grisant aussi. Toute cette blancheur, cette souplesse, cette luminosité dont on n'aurait su dire la provenance.

Eve avança encore un peu, profitant de la sublime sensation de ses pieds sur ce nuage et fit quelques pas avant de se cogner sur un mur invisible. Là encore, pas de choc, pas de douleur. Juste une limite. Surprise, elle recula et essaya tant bien que mal d'observer une rupture, un coin, une ombre. Mais rien. Le mur était aussi invisible qu'il était doux. Et sa simple présence rendit légèrement angoissante la situation.

Pendant un temps, Eve se crut au Paradis. Ce qui n'avait aucun sens selon elle. Ce qu'elle ressentait semblait réel. La main collée à la paroi, elle marcha quelques mètres dans une direction pour finalement toucher un autre mur. Prise d'une panique soudaine, elle courut dans une troisième direction et se cogna une fois de plus. Il ne lui restait qu'un seul espoir, mais il était mince. Et son dernier trajet fut sans surprise : elle se trouvait dans une pièce fermée. Elle n'avait pas mesuré précisément, mais il devait s'agir d'un carré d'environ cinq mètres de côté.

Pas de doute, tout ceci était bien réel. Eve ne rêvait pas, mais rien ne la convaincrait qu'elle était dans un « carré de la vie après la mort ». C'était ridicule et elle refusait de le croire. Pendant une période qu'elle ne put quantifier, elle essaya par tous les moyens de trouver une faille. Les murs, si souples, si doux, si mous, se révélaient glissants et il était impossible d'y prendre appui. Elle découvrit également, à l'aide d'une de ses chaussures, que la pièce avait un plafond qui devait se situer à environ quatre mètres de hauteur.

La situation était impossible et pourtant, après avoir multiplié les efforts, Eve dut se rendre à l'évidence : elle était prise au piège dans une boîte d'un blanc immaculé qui n'était dotée ni de porte, ni de fenêtre. Ou alors, les murs étaient transparents auquel cas, elle était dans un monde vide, sans sol, ni ciel, ni horizon. Il était impossible de laisser la moindre marque sur les parois. Il n'y avait ni eau, ni nourriture. Il n'y avait rien. La personne qui avait imaginé cet endroit s'était acharnée à en faire le lieu le plus dépourvu de toute chose.

Découragée, Eve s'assît, adossée à un mur. Celui-ci s'inclina légèrement sous son poids pour former une sorte de chaise longue délicieusement confortable. Cet endroit était aussi mystérieux qu'angoissant. Aussi agréable qu'ennuyeux. Pour une raison qui lui échappait, Eve n'arrivait pas à comptabiliser le temps. Était-elle là depuis une heure ? Dix minutes ? Deux jours ? De la même manière, la soif et la faim ne l'atteignaient pas.

Deux hypothèses s'imposaient donc. Elle pouvait être morte. Dans ce cas, le paradis était une belle arnaque ou alors cette pièce était le purgatoire. Mais tout ceci pouvait aussi être la réalité. Une sorte d'expérience tordue donc elle serait le cobaye. Le problème demeurait pourtant le même : pour des raisons différentes, chacune de ces hypothèses comportaient des failles béantes. Elle ne croyait pas à la vie après la mort et, s'il s'agissait d'une expérience, pourquoi n'avait-elle ni faim ni soif ?

Tout ceci n'avait aucun sens et la tête d'Eve la faisait souffrir. Souffrir... L'accident... La mémoire lui revint, une fois absorbé le choc de la surprise. La tempête, le sauvetage de Victor, la voiture hors de contrôle... Tout jusqu'au choc. Et son réveil ici. Les informations s'accumulaient à la vitesse de l'éclair. Eve se leva, fit les cent pas en essayant au maximum de comprendre. Elle se passa les mains sur tout le corps, la tête, le visage, les bras, les jambes : pas une plaie, pas une cicatrice. Elle avait été renversée par une voiture et il ne restait aucune marque.

Était-elle vraiment morte ? Ou avait-elle été inconsciente suffisamment longtemps pour guérir de ses blessures ? Et, bon sang, à quoi bon se poser toutes ces questions alors qu'elle n'avait aucun moyen d'y répondre ? Cet endroit était impossible, sa situation était impossible ! Même sa condition physique était impossible alors que se passait-il ?

« Oh hé, cria-t-elle.

Seul un léger écho vint lui répondre. Que cette situation était frustrante ! Eve hurla de rage. Quelques instants auparavant, elle se réjouissait de découvrir un endroit pareil, et maintenant... Depuis combien de temps était-elle dans cette chambre ? Même le temps était impossible. Rien n'avait de sens. Sans porte, comment était-elle rentrée ?

- Hé ooooooh !

Rien. Toujours rien. Absolument rien.

Eve passa ainsi un temps qui lui parut interminable. Assise contre une paroi, allongée sur le sol ou debout, à trépigner nerveusement. Elle essaya même d'enfoncer un mur à coups d'épaule, mais cela ne servit qu'à renforcer sa frustration. Le blanc demeurait aveuglant malgré le temps qui passait. Rien n'y faisait, tout cela ressemblait trop à une prison déguisée en paradis.

Désespérée mais pas résignée, Eve tentait encore et toujours de trouver une issue.

- Il y a quelqu'un ?, hurla-t-elle à pleins poumons.

- Oui.

Sa surprise fut telle qu'Eve en perdit l'équilibre. Assise sur le sol, les mains derrière elle, la jeune femme tâtonnait et essayait de fuir cette voix invisible, grave et péremptoire. Elle venait de partout et nulle part à la fois. Les murs blancs n'avaient aucune aspérité, aucun relief autre que leurs coins. Et, après un examen préalable, rien ne semblait permettre à l'air de circuler. En toute logique, elle ne pouvait donc pas respirer. Et aucun son ne pouvait pénétrer si clairement dans la chambre blanche. Impossible. Son esprit revenait toujours à cet adjectif : impossible.

- Qui est là ?

- Appelle-moi comme tu le souhaites.

La réponse était venue du tac-au-tac. La voix était profondément grave, presque ténébreuse.

- Pourquoi vous ne m'avez pas parlé plus tôt ?

- Parce que tu ne m'avais pas sollicité.

- J'ai crié, j'ai appelé, et vous ne m'avez pas répondu.

Eve n'obtint que le silence. Elle essayait seulement de comprendre, mais l'agacement la rendait impatiente.

- Vous répondez seulement aux questions, c'est ça ?

- Oui. Tu dois me solliciter pour que je m'adresse à toi.

- Super... Vous êtes quoi ? Un robot ?

- Non.

Eve accentua exagérément le ton de sa phrase pour bien spécifier qu'il s'agissait d'une question. La voix, elle, parlait de manière monocorde.

- Alors je suis où, merde ?, finit par demander Eve, déterminée à obtenir des réponses significatives.

- Dans les méandres de ton esprit et dans le confort du mien.

- Hein ? Mais qu'est-ce que ça veut dire ?

- Tu es pleinement consciente de toi-même mais tu es dans un environnement que j'ai créé.

- Mais qu'est-ce que… Et vous, vous êtes qui, du coup ?

- Appelle-moi comme tu le souhaites.

Eve n'avait toujours pas écarté l'hypothèse de parler à une intelligence artificielle, et cette réponse, similaire à une précédente, renforça cette croyance.

- Bon, très bien. Alors vous êtes quoi ?

- Je suis une entité supérieure.

- OK, répondit Eve dans un ricanement aussi nerveux que moqueur. Et plus précisément ?

- Je n'ai pas d'incarnation matérielle, mais j'interagis avec les humains. J'influence leurs choix tout en demeurant inconnu d'eux.

Eve soupira et secoua la tête de dépit.

- C'est une blague ou quoi ?

- Non

- Donc la religion me pourrit la vie, quel que soit cet endroit. Et me voilà en train de discuter avec quelque chose ou quelqu'un qui prétend être un dieu. Formidable !

Sans surprise, la complainte d'Eve ne trouva pas de réponse. Depuis qu'elle avait atterri dans la chambre blanche, elle était passée par toutes les émotions, de l'émerveillement à l'angoisse, de l'amusement à la colère. Peut-être, en effet, que cela faisait partie d'une expérience tordue.

- D'accord Bobby. Je peux t'appeler Bobby ?

- Appelle-moi...

-... Comme tu le souhaites, ouais, je sais. Alors, mon petit Bobby, si je comprends bien, tu es un dieu ?

- Appelle-moi comme tu le souhaites.

Eve soupira un grand coup et se pinça entre les deux yeux. La frustration grandissait, en même temps que la colère et l'incompréhension.

- Bon, après tout on est chez toi, alors on va jouer selon tes règles. Juste pour vérifier, tu peux me dire quand je pourrais sortir d'ici ?

- Quand tu seras prête.

Elle accueillait chaque réponse de la voix avec une ironie non dissimulée. Tout ceci était un jeu, pour elle, un jeu absurde et sadique.

- Ah ben oui, quand je serais prête. Et sinon, prête pour quoi ?

- Pour être ma prophétesse.

Eve éclata de rire spontanément, pour une fois. Ce n'était plus de la moquerie mais du désespoir. Elle était dans une chambre blanche qui défiait toutes les lois de la physique, ignorant si elle était morte ou vivante, devisant avec une entité se prétendant divine et qui voulait en faire sa prophétesse. Le mot « délirant » avait dû être inventé pour ce genre de situation.

- J'ai comme le sentiment qu'on n'ira nulle part de ce côté-là. Alors, est-ce que tu peux répondre à n'importe quelle question ?

- Non.

- Super, je parle avec un dieu tout pourri en fait. Est-ce que tu peux au moins me dire si je suis morte ou vivante ?

- Tu n'es ni l'un ni l'autre. Tu es au-delà de ça.

- Et bien on peut dire que c'est super enrichissant de parler avec toi. Je me sens déjà convertie, tiens. Bon, on va essayer autre chose : pourquoi suis-je là ?

- Tu as été choisie parmi toutes les femmes afin d'être instruite et préparée à ton futur rôle de prophétesse.

Plus la discussion avançait, plus ce timbre de voix s'imposait en elle et lui paraissait apaisant. Eve prit le temps de s'asseoir contre une paroi avant de continuer la conversation.

- T'as conscience que je n'accepterai jamais de faire la promotion d'une religion, pas vrai ?

- Je n'ai pas de conscience. Mais je comprends ce que tu veux dire. Tu n'as pas été choisie pour faire une quelconque promotion. Tu as été choisie pour éclairer l'humain sur le chemin de la vérité.

- Oui, en gros, c'est ce que disent toutes les religions. Vous le savez ça ?

- Je le sais. Mais elles ont tort. Tu auras la vérité avec toi.

En théorie, c'était à cet instant qu'Eve aurait dû lâcher cette discussion idiote pour faire une sieste. Mais elle n'avait pas plus envie de dormir que de boire ou de manger. Et quelque chose l'intriguait. Elle ne pouvait s'empêcher d'être attirée par les réponses pourtant vagues de la voix. Étant donnée sa situation et ses diverses incohérences, rien n'aurait pu la rendre plus confuse. Les seules informations dont elle disposait venaient de la voix.

- Bobby ?

- Si c'est ainsi que tu veux m'appeler...

- Tu as dit tout à l'heure que tu guidais les humains dans leurs choix mais qu'ils ne te connaissaient pas. Est-ce que certains te donnent un nom ?

- Non. Tu es la seule à me connaître.

- Et tu les guides dans quel but, exactement ?

- Leur bonheur. Parfois contre leur propre gré.

Eve se redressa légèrement, comme piquée au vif.

- Tu te prétends une entité supérieure à l'Homme qui guide ses mouvements vers le bonheur ?

- Oui. Le bonheur est la finalité de toute existence.

- Et tu as passé un entretien pour ce job ?

- Non.

- Parce ce que je peux te garantir que tu fais un travail de merde ! Tous les êtres humains cherchent le bonheur et quasiment personne ne le trouve. Et de tous les cons qui peuplent la Terre, tu prends celle qui doit être la plus malheureuse pour en faire ta prophétesse. Mais tu rêves ou quoi ?

- Non, je ne rêve pas. Je suis une entité...

- Je sais que tu ne rêves pas, hurla-t-elle. C'était une question rhétorique. Je te dis tout ça pour que tu réalises à quel point tu te plantes. Mais comme tu détiens la vérité, j'imagine que tu sais déjà tout.

Eve ponctua son énième accès de colère d'un coup de coude dans la paroi molle.

- Tu me mets en colère, tu sais ça ?

- Oui. C'est normal.

- En quoi c'est normal ?

- Avant la phase d'acceptation, tu dois te purger de toute la colère que tu pourrais avoir envers moi.

- Mais il n'y aura pas de phase d'acceptation ! Je veux pas de ta religion. Je veux pas de ta vérité. Je veux sortir d'ici, vivante ou morte.

- Cela dépend de toi.

- Comment ça ?

- Si tu échoues à devenir ma prophétesse, tu mourras. »

8

Des jours, des semaines, des mois ? Eve aurait pu être là depuis 10 ans ou trois heures, elle n'aurait pas su le dire. Depuis ce qui lui semblait être une éternité, elle devisait avec cette mystérieuse voix, caverneuse et autoritaire, sans dormir, ni manger, ni boire. En toute logique, elle ne devait plus avoir d'oxygène depuis longtemps. En toute logique, elle devait même être morte de cinq ou six causes différentes. La voix avait raison : elle n'était pas vivante. Elle ne pouvait décemment pas l'être.

Cette longue discussion lui avait très peu appris sur sa condition actuelle. Mais la principale évolution résidait dans le rapport qui s'était installé entre eux. Bien malgré elle, sans s'en rendre particulièrement compte, Eve avait adopté la posture d'une disciple écoutant son maître. Elle avait même cessé de l'appeler « Bobby » sans s'en rendre compte.

« Alors, dis-moi. C'est franchement mal parti, mais comment tu envisages de rendre les Hommes heureux ?

- C'est une vaste question. L'être humain aspire au fond de lui à une liberté totale. C'est ce qui explique sa profonde vénalité. Mais il veut aussi de l'amour. C'est très complexe de donner le bonheur à tous les êtres humains à la fois. Certains sont systématiquement lésés. Aussi ce processus prend-il un temps considérable.

- Et donc, concrètement, comment tu veux faire ?

- La première étape consiste à délester l'être humain de son profond attachement aux valeurs matérielles. C'est indispensable.

- Ah ben, au moins là-dessus, on est d'accord.

Spontanément, Eve pensa à ses études de philosophie et au choc que représenta pour elle la lecture du « Capital » de Karl Marx. Sur le papier, les préconisations étaient tellement magnifiques que la naïve étudiante qu'elle était les embrassa largement. L'étude historique du courant de pensée communiste, et la découverte de ses applications perverses, lui enseignèrent par la suite une forme de crainte face aux doctrines absolutistes. Comme celle de la voix.

Pendant un instant, Eve demeura muette. Son environnement provoquait en elle des réactions successives et contradictoires. Tantôt émerveillée, tantôt agacée, elle devait tout de même convenir que cette chambre blanche était hypnotisante. Cela lui rappelait la torture de l'ennui mise en place par les nazis. Ils mettaient dans une pièce une personne et la laissaient là, avec la même nourriture à intervalle régulier. Une manière de rendre quelqu'un progressivement fou. Eve, elle, n'avait pas de nourriture ni de sommeil, mais un interlocuteur. Une distraction qui lui permettait de passer le temps tout en essayant de percer le mystère qui l'entourait. Le problème étant que les seules réponses qu'elle obtenait étaient celles que la voix voulait bien lui donner. Afin d'en faire sa prophétesse.

Le dilemme était complet puisqu'Eve pouvait se laisser convertir petit à petit, ou s'ennuyer éternellement. Un choix qui n'en était pas un, évidemment.

- Bobby, explique-moi un truc. Rendre l'Homme moins vénal, lui enlever ce besoin de tout posséder tout le temps, tu crois que c'est possible ?

- Oui.

- Et comment ?

- En faisant en sorte que tu parles en mon nom.

- Mais pourquoi moi ?

Aussi incroyable que cela puisse paraître, Eve n'avait pas encore pensé à poser cette question. Pourtant, quelle que soit sa situation, c'était bien la plus pertinente. Pourquoi était-elle le sujet de cette expérience ? Pourquoi était-elle au purgatoire ? Pourquoi la voix l'avait choisie pour devenir sa prophétesse?

Pour la première fois, son interlocuteur prit un peu de temps pour répondre.

- Parce que tu n'es personne. Et parce que tu es tout le monde. Tu es intelligente et sotte à la fois. Dans tous les domaines, tu incarnes l'Humanité dans toutes ses tares et dans toutes ses qualités. Et tu as souffert. J'aurais pu choisir la personne la plus malheureuse du monde, mais là encore, tu incarnes un juste milieu. Tu as été heureuse et tu es devenue malheureuse. Tu es l'être humain, Eve. Tu incarnes l'être humain. A beaucoup de point de vue, tu es tout pour moi.

Quelque chose comme de la fierté mal placée la poussait à s'offenser de cette explication. Mais elle avait du sens, c'était indéniable.

- Il y a quand même quelque chose que je ne comprends pas. Tu dis détenir la vérité, tu dis vouloir l'utiliser pour donner le bonheur à tous et tu dis vouloir le faire à travers moi. Mais pourquoi utiliser quelqu'un de moyen pour ça ? Il y a des gens exceptionnels, charismatiques, que les gens écouteraient. Pourquoi moi ?

- L'être humain doit pouvoir se reconnaître à travers ma prophétesse. Il doit voir que celle que j'ai choisie leur ressemble. Qu'elle n'est ni meilleure, ni pire qu'eux.

- Et je suis supposé leur dire quoi ?

- La vérité. Tout ce que je te dis, tout ce que tu as vécu et vivra encore. Qu'il existe un chemin et qu'il est difficile. Mais qu'au bout, la vérité les attend. Et le bonheur avec elle.

- Si je dis ça aux gens, ils me prendront pour une folle, soupira Eve. Comme tous les fanatiques qui prêchent leur vérité. Même si c'est toi qui as raison, je serais prise pour une illuminée de plus. Et puis, je serais supposée faire ça comment, d'abord ?

- Écoute la vérité, accepte-la. Aies confiance en moi et, alors, tu sauras. Ton destin n'est pas d'être brisée par tous les Thomas du monde.

Cette dernière phrase lui coupa le souffle et lui enflamma l'esprit. Elle était depuis tellement longtemps enfermée dans cette chambre blanche qu'elle avait oublié le monde extérieur. Adam, Guilangers, Victor, Gaëlle... et Thomas. Le sentiment de vide comblé qu'elle ressentit n'avait rien d'agréable. Elle avait tout oublié et, désormais, sa mémoire remontait à la surface. Et les larmes avec...

- Je ne veux pas être brisée..., murmura-t-elle. Ni par Thomas, ni par personne. Je veux servir à quelque chose. Je veux vivre. Je veux être heureuse. »

Assise dans un coin de la chambre blanche, déconcertée et impuissante, Eve se mit à pleurer à chaudes larmes. La voix avait trouvé une faille dans la carapace.

Des dizaines, des centaines de sujets avaient été abordés, mais Eve demeurait intarissable. Sa curiosité n'était jamais satisfaite. Pourtant, elle avait le sentiment d'avoir passé plus d'une vie dans cette pièce blanche. Et chaque réponse qu'elle recevait de la voix semblait la convaincre un peu plus qu'elle était en présence d'une forme de sagesse incontestable. Elle avait passé les premières années de sa vie d'adulte à lire de la philosophie et les suivantes à ne pas penser. Pour résultat, elle avait le sentiment de ne pas posséder de conscience propre ni de philosophie de vie. Mais Eve devait bien convenir qu'elle était d'accord avec tout ce que la voix lui disait. Qu'ils étaient en phase, en quelque sorte.

« Convaincre les gens qu'ils doivent abandonner les biens matériels superflus, ça fait vraiment secte, marmonnait Eve. Et puis Internet n'arrange pas les choses, non ?

- L'être humain a joué à l'apprenti sorcier avec Internet. Il a créé un outil si révolutionnaire qu'il s'est jeté dessus et a usé de toute sa vénalité dans son utilisation. Sans jamais regarder les défauts. Il s'en repentira. Il en est ainsi comme de toutes les révolutions technologiques. »

Leurs discussions se passaient ainsi. Eve abordait un sujet, et la voix lui apportait sa vérité. Et plus les questions passaient, plus elle était convaincue. Un jour, elle s'était réveillée dans cette chambre, silencieuse et blanche, et s'était moquée de cette voix qui se prétendait omnisciente et infaillible. A cet instant, bien longtemps après, Eve était sous l'emprise d'une sagesse qui la dépassait. Cela avait pris un temps considérable, des disputes, des révélations, des pleurs. Mais le résultat était là : peu tentée par la tâche de prophétesse et convaincue de son échec, Eve devenait pourtant, au fil du temps, une disciple de la vérité professée par la voix.

Après avoir initié un contact non hostile, celle-ci pouvait se satisfaire d'avoir réussi la seconde étape : mettre Eve sous sa coupe.

Le vide intemporel, le confort moite de la chambre, la profondeur de la voix, tout plongeait Eve dans une sorte d'état comateux, auquel l'ennui venait apporter une touche poétique. Mais impossible de dormir. Nul moyen de digérer la masse astronomique de connaissances qu'elle venait d'acquérir. Et comme toute autre distraction, aussi futile que manger ou boire, était également exclue, Eve ne pouvait que se focaliser sur la vérité professée par la voix. Vérité qui faisait son chemin en elle. Écouter, apprendre et être d'accord constituait une première étape. Mettre en pratique chaque jour de sa vie la philosophie nouvelle à laquelle elle s'identifiait ne poserait pas de problème. Sans doute cela la mènerait-elle, effectivement, sur le chemin du bonheur. Mais prophétesse ? Elle ? L'idée était toujours difficile à envisager. Non plus parce qu'elle ne voulait pas jouer les prédicatrices, mais parce qu'elle craignait que tout ceci ne se solde par un échec cuisant.

« Je crois que je vais arrêter de t'appeler Bobby... Il faudrait que je te trouve un nom un peu plus respectueux. En fait, tout ce que tu me dis, tout ce que tu m'expliques, ça me correspond parfaitement ! Même si c'est paradoxal, parce que le seul principe que j'avais jusque-là, c'était de détester toutes les religions. Mais toi... J'ai l'impression que tout ce que tu dis est logique. Implacable en quelque sorte. Je m'y retrouve bien en tous cas.

Sa voix était douce désormais. Eve marqua un temps et glissa de sa position assise vers un allongement total. Elle comprenait maintenant les raisons de cette pièce. C'était une chambre d'éveil. Toutes les nuisances extérieures étaient supprimées. L'ouïe était le seul sens qui avait un intérêt ici. Ainsi, tout ce qu'elle ressentait était intérieur. Cet environnement impossible optimisait son éveil personnel. Du moins, c'était ainsi qu'elle le percevait.

- Tout ce qui se passe ici, ce blanc, ce silence, tout ça est mis en place dans un but bien précis, hein ?, lâcha-t-elle, fataliste.

- Oui.

- Rien n'est laissé au hasard ? Le blanc ? Le silence ? La douceur des parois ?

- En effet.

- Tout ça pour que je devienne ta prophète ?

- Prophétesse. Oui.

Eve soupira profondément. Son esprit était embrouillé dans un mélange de lassitude et d'émulation. Qu'allait-elle faire ? Et comment allait-elle le faire ?

- Si je dois être ta prophétesse, je devrais peut-être te trouver un nom. Qu'est-ce que tu en penses ?

- Ce n'est pas indispensable.

- Et si j'échoue à répandre la vérité ?

- Tu ne peux pas échouer. Une fois répandue, la vérité triomphera. Elle le doit.

- Oui mais si j'échoue, il se passera quoi ?

- Tu n'échoueras pas, Eve. Tu dois commencer à croire en toi. Tu es une jeune femme intelligente qui a été brisée. Le faux dieu de tes parents t'a bridée. Le faux amour que tu as eu t'a cassée. La fausse coquille que tu t'es créée t'a endormie. Maintenant, la vérité commence à s'éveiller en toi. Tu dois opérer avec tes semblables comme j'ai opéré avec toi. Leur ouvrir les yeux. Tu es la prophétesse. Je t'ai choisie. Tu n'échoueras pas.

La voix avait déjà mentionné Thomas, une éternité auparavant. Mais cela avait été sa seule incursion dans la vie personnelle d'Eve. Ce qui rendait sa dernière intervention plus convaincante encore. La voix avait touché au cœur à la mention des parents et de la vie recluse d'Eve. C'était l'étape finale d'un processus savamment arrangé. Lever les doutes de la jeune femme, lui enseigner la vérité et la convaincre d'être sa prophétesse. L'objectif était presque atteint.

- Je ne suis pas assez forte, sanglota Eve, la voix chevrotante. Je ne veux pas… J'ai peur…

Prostrée en position fœtale, elle pleurait à chaudes larmes, sentant les dernières digues de sa réticence céder. Sa nature était lentement mais sûrement dévorée par la vérité. Le zombie terrifié qu'elle était, la plante verte lobotomisée, l'idiote jeune femme qui ne parvenait à se rebeller que contre ses parents cédait la place à la prophétesse. Et tandis qu'à travers ses larmes s'échappait la honte de ce qu'elle était, une force enivrante s'emparait d'elle. Une fois de plus, la chambre blanche faisait la démonstration de l'impossible et Eve, en dépit de ses moqueries initiales et de sa haine de la religion, devenait autre chose.

Un laps de temps inquantifiable passa avant que ne cesse la crise de larmes. Et de sa position contractée, genoux contre poitrine, Eve s'étira lentement. Le sentiment qu'elle éprouva était étrangement proche du réveil. La fin d'un long, très long sommeil. Légèrement troublée, la tête alourdie, Eve se leva, s'étira une fois de plus, bâilla lourdement et regarda autour d'elle. Le blanc était toujours blanc et le silence était toujours silence. Mais elle vit d'un autre œil et entendit d'une autre oreille. Les choses avaient changé. Elle avait changé. Ses yeux étaient ouverts. Un léger sourire lui échappa tandis qu'elle déclara, sûre d'elle :

- Je suis prête.

- Je sais. Va. Et prends ceci en cadeau ».

9

Eve ouvrit les yeux et dût les refermer immédiatement. Une lumière juste au-dessus de sa tête l'aveuglait. Il ne lui fallut pas plus d'une seconde pour réaliser qu'elle n'était plus dans la chambre blanche. Allongée, reliée à trois machines différentes, elle rouvrit péniblement ses paupières et constata qu'elle était dans un hôpital. Progressivement, la douleur monta en elle jusqu'à déclencher un cri qui ne sortit pas. Ses jambes ne répondaient pas, sa voix ne fonctionnait pas, son corps entier la faisait souffrir. Après la chambre blanche, elle avait à nouveau la sensation d'être prisonnière, mais de son propre corps cette fois. Autour d'elle, des formes, des couleurs se formaient. Des choses qu'elle n'avait pas vues depuis... Combien de temps ? Combien de temps avait-elle passé ici ?

La porte s'ouvrit et deux personnes entrèrent. Un homme et une femme vêtus de sortes de pyjamas verts pastel. Ils avaient l'air pressé et préoccupé à la fois. La femme sortit une lampe de poche et la pointa directement dans ses yeux. Le retour à la vie réelle n'avait rien d'agréable pour Eve. L'homme lui posa des questions auxquelles elle tenta de répondre par des mouvements de tête. Mais son corps était totalement atrophié. Elle ressentait bien ses doigts et ses orteils, mais en dehors de ses yeux et, un peu, de sa langue, rien ne voulait bouger.

Les deux infirmiers la délaissèrent quelques instants pour s'affairer autour des machines. La femme fit un hochement de tête en direction de son collègue et celui-ci enleva une des aiguilles plantées dans le bras d'Eve. Le temps que l'opération se réalise, elle avait retrouvé toute son ouïe.

Un docteur fit son apparition. Il se distinguait par une majestueuse blouse blanche et un badge, tandis que les infirmiers traînaient leurs pyjamas comme des haillons. Tous trois discutèrent brièvement dans un jargon qui échappa totalement à Eve. Son cerveau semblait tout aussi engourdi que ses membres. Le médecin approcha son visage beaucoup trop bronzé du sien.

« Comment vous sentez-vous, mademoiselle Duval ?

Sa voix était froide et dépourvue de toute empathie. Il ne la regardait pas dans les yeux, mais guettait un mouvement de sa bouche. Malgré tous ses efforts, Eve ne parvint pas à prononcer le moindre mot. Elle se contenta de laisser tomber sa tête sur le côté pour signifier son dépit.

- Mademoiselle Duval, faites un effort, parlez-moi.

Le médecin au teint orangé devint à cet instant la première personne détestée d'Eve depuis son réveil. Le ton était devenu franchement agacé.

- Allez mademoiselle, dites quelque chose », poursuivit-il, haussant la voix comme pour gronder une petite fille.

Les deux infirmiers se regardaient et ne cachaient pas leur scepticisme face à la méthode brutale employée par leur supérieur. Sans doute dans le but de poursuivre son entreprise d'humiliation, le docteur agita sa main devant les yeux d'Eve et claqua deux fois des doigts. Un geste aussi déplacé que frustrant pour celle qui ne pouvait pas lui répondre. Elle essaya pourtant, car elle avait bien quelques mots à dire à l'homme qui était face à elle. Mais en vain. Ses membres ne réagissaient toujours pas et, alors que le médecin approcha encore son visage, Eve déploya des efforts considérables pour lui tirer la langue. Les deux infirmiers éclatèrent de rire ostensiblement tandis que la blouse blanche au visage orange sortit en furie de la chambre. Épuisée par cet exercice, Eve s'endormit profondément, un timide sourire aux lèvres.

Une rumeur bruissait autour d'elle. Des voix, indistinctes mais familières, volaient dans la chambre. Finalement, sans en avoir envie, Eve ouvrit péniblement les yeux. Elle était toujours dans le même lit d'hôpital, et la femme infirmière la regardait en lui parlant. Les choses allaient trop vite. Le monde était en avance rapide pour Eve. Au-dessus d'elle, les visages marqués de ses parents remplacèrent celui de son infirmière. Cela ne lui fit rien. Ils parlaient, eux aussi, sa mère allant même jusqu'à lui effleurer le visage de sa main. Mais ils faisaient face à un zombie. Si Eve avait toujours autant de peine à ressentir son corps, son absence totale d'expression était délibérée. Elle avait beaucoup de choses à penser avant de retourner pleinement dans le monde réel. Même si la haine qu'elle ressentait à l'égard de ses parents ne s'amenuiserait sans doute pas. Eux et leur faux dieu…

Finalement, ce fut au tour d'Adam de s'approcher de sa sœur. Pour la première fois, celle-ci laissa ses émotions la rattraper. Son frère, son cher et tendre frère, la seule personne en qui elle avait toujours eu confiance. Lui pourrait rester dans sa chambre. L'infirmière aussi. Mais ses parents, certainement pas.

Un médecin entra dans la pièce. Sans surprise, ce n'était plus le bellâtre brutal à qui elle avait eu affaire. Celui-ci était plus âgé, plus petit et, d'une certaine manière, plus rassurant.

A son tour, il approcha son visage de celui d'Eve. Un rapide coup d'œil sur le côté lui montra que sa famille regardait la scène avec appréhension. Le docteur respecta la tradition qui voulait qu'on l'aveugle systématiquement avec une lampe torche. Eve laissa échapper un grognement.

« Madame Duval, pouvez-vous parler ?, demanda le médecin avec le minimum d'empathie nécessaire en la circonstance.

- Pas terrible, crut répondre Eve.

Mais à en juger par les visages autour d'elle, le son qui sortit de sa bouche avait dû être tout autre.

- Je ne vous comprends pas bien madame Duval, mais c'est tout à fait normal, sourit le docteur. Vous avez été dans le coma pendant un certain temps et il vous faudra un moment pour récupérer pleinement. On va réessayer doucement, d'accord ? Vous sentez-vous à peu près bien ou non ?

- Pas terrible, essaya d'articuler Eve.

- C'est bien, c'est très bien madame Duval. Maintenant, pouvez-vous me dire si vous ressentez les petits pincements que je vais effectuer ?

Le docteur exécuta l'opération sur les orteils de chaque pied, ainsi que sur les doigts de chaque main. Eve répondit « Oui » les quatre fois. Mais elle pouvait désormais entendre sa voix déformée par le manque de pratique.

Elle avait certes beaucoup de choses à mettre en place dans son esprit, mais il y avait une réponse dont elle avait besoin.

- Je vais vous laisser pour l'instant, madame Duval. Reposez-vous, c'est essentiel. Lorsque vous serez éveillée, je vous demanderai seulement de bien vouloir essayer de remuer vos orteils et vos doigts pour faciliter la circulation sanguine, d'accord ? »

Eve hocha la tête et le docteur la gratifia d'un sourire avant de quitter la pièce. Ses parents la regardaient toujours avec un air inquiet qu'elle estimait surjoué. Adam s'approcha d'elle et lui prit la main.

« On s'est beaucoup inquiétés pour toi, murmura-t-il. Mais ne t'inquiète pas, tu n'auras aucune séquelle de ton accident.

- Combien de temps ?, tenta de dire Eve.

- Excuse-moi, mais je ne comprends pas ce que tu dis.

- Combien... de... temps ?

- Combien de... temps ? Combien de temps tu es restée dans le coma ?

Eve hocha la tête impatiente. Adam se retourna furtivement vers ses parents.

- Eh bien, hésita-t-il. Tu es restée un moment ici. Tu as subi deux opérations dont une à la tête.

Pressée et légèrement paniquée, Eve serra la main de son frère aussi fort que possible. Celui-ci avait l'air embarrassé, mais finit par la regarder droit dans les yeux.

- Tu es restée dans le coma neuf mois ».

Les heures avaient passé et Eve ne réalisait toujours pas. Allongée, immobile, quasiment paralysée, elle tentait de comprendre. Neuf mois ? Elle était restée neuf mois dans le coma ? Dans un coin de la chambre, ses parents discutaient avec l'infirmière et jetaient de temps à autre un coup d'œil dans sa direction. Neuf mois... Une éternité. La notion du temps avait disparu au fil de sa discussion avec la voix mais cela lui semblait être une durée crédible. Les pièces du puzzle semblaient se mettre en place.

Si elle avait vraiment passé tout ce temps dans la chambre blanche, peut-être bien que tout ceci avait effectivement été une expérience. Mais oui ! Elle était dans le coma, ce qui expliquait son absence de sommeil. On la nourrissait et l'hydratait par un système de tuyaux et, pendant ce temps, son cerveau était disponible pour toutes sortes d'expériences. Tout s'expliquait.

Elle regarda ses parents et l'infirmière. Qui était-elle vraiment ? Et que lui voulaient-ils ? Elle ne pouvait pas bouger mais brûlait d'envie de vérifier si elle était bien dans un hôpital. Soudain, un bruit strident retentit et tout le monde se mit en branle. Trois autres infirmiers entrèrent dans la chambre, tandis que les parents Duval prirent un air inquiet. Tous s'affairèrent autour d'Eve, comme si elle venait de faire un arrêt cardiaque. En son for intérieur, elle eut presque envie de rigoler devant ce simulacre de médecine. Ils devaient encore surveiller son cerveau, et sa prise de conscience les avaient poussés à réagir.

« Madame Duval, madame Duval, est-ce que vous m'entendez ?, demanda, paniqué, un infirmier.

Ils voulaient jouer, alors on allait jouer. Pendant de longues secondes, elle demeura parfaitement immobile et ne montra aucun signe de conscience. Ce ne fut que lorsqu'une des personnes s'approcha d'elle avec une seringue qu'elle daigna acquiescer. C'était sa manière à elle de leur signifier qu'elle avait compris leur petit manège.

Le même infirmer se rapprocha d'elle, l'air contrit.

- Votre rythme cardiaque s'est emballé subitement. Êtes-vous sûre que tout va bien ? »

« Mais oui tout va bien, connard. Tout va très bien », pensa-t-elle. Là encore, le spectacle de toutes ces personnes suspendues à ses lèvres était jouissif. Une dizaine de secondes plus tard, elle bredouilla un « ça va » qu'elle aurait voulu amusé. Comme tout était clair désormais ! Mais il faudrait jouer serré. Ces aiguilles enfoncées dans ses bras l'empêchaient sans doute de recouvrer tous ses moyens dans un délai normal. Tant pis. Mais il lui faudrait au moins retrouver la parole rapidement.

Ses parents s'approchèrent d'elle et sa mère, les larmes aux yeux, lui prit la main. Eve les avait cru faux dévots. Voilà qu'elle voyait également en eux des manipulateurs, des menteurs. Son accident, la tempête, le week-end en famille, tout ceci avait-il été orchestré pour cette expérience ?

Un brutal mal de tête lui vrilla la tempe. Les salauds ! Ils l'empêchaient même de réfléchir ! Épuisée par la douleur et le poids des découvertes, Eve ferma les yeux et s'endormit, ses ordures de parents à ses côtés.

Le sommeil laissait la place à l'éveil, qui laissait la place au sommeil. Ainsi durèrent les deux premières semaines de la nouvelle vie d'Eve. Quand ses yeux s'ouvraient, son réflexe premier était de vérifier qui se trouvait dans la chambre. Puis, elle regardait l'heure. En général, les périodes duraient deux à trois heures. Mais le temps passant, elle retrouvait un rythme de sommeil plus cohérent.

Par instants, Eve se sentait observée, surveillée jusque dans ses pensées. Dans ces moments-là, elle s'efforçait de d'oublier tout ce qu'elle savait sur cette fichue expérience. En général, l'intégrale des Beatles passait en boucle dans sa tête, pour brouiller les pistes.

Parfois, pourtant, elle semblait se réveiller d'un mauvais rêve et voyait tout ceci pour ce que ça semblait être. Son coma, son séjour dans la chambre blanche, la voix, la vérité... Tout ceci était bien réel et elle se prenait en flagrant délit de paranoïa. Il n'y avait pas mille explications possibles, pourtant, et son cerveau semblait lui jouer des tours à hésiter entre les deux. Expérience médicale tordue ou expérience métaphysique inexplicable ? Chaque fois qu'elle ouvrait les yeux, une des deux hypothèses prenait tellement le dessus qu'elle aurait voulu se gifler pour avoir donné foi à l'autre. Et le résultat était épuisant.

Alors elle se rendormait. Cercle vicieux et paranoïaque.

Il était un peu plus de six heures du matin quand elle ouvrit les yeux ce jour-là. Elle avait dormi plus que d'habitude, ce qui était plutôt un bon signe. Ses sensations revenaient petit à petit et elle parvenait maintenant à peu près à se faire comprendre, même si elle se concentrait sur un vocabulaire restreint. De toute façon, ses paroles, elle les gardait pour elle. Du moins, tant que la situation restait aussi nébuleuse. Après tout, elle oscillait entre les statuts de rat de laboratoire et de prophétesse de la vérité.

« Bonjour madame Duval.

Jennifer venait d'entrer. Jennifer était l'infirmière préférée d'Eve car la seule qui lui paraissait sincère. La jeune femme était plutôt grande, très mince et toute aussi jolie. Un charme accentué par sa timidité maladive. Jennifer travaillait dans l'ancien service où Eve était hospitalisée, mais elle avait gardé une certaine affection pour elle.

- Bonjour, lui répondit la patiente, la voix pâteuse.

- Vous avez bien dormi ?, demanda Jennifer d'une voix douce, tout en vérifiant tuyaux et machines.

- Hmm.

Après ses réflexes de routine, l'infirmière prit la direction de la sortie avant de se raviser. Elle hésita quelques secondes et vint s'asseoir près d'Eve. Manifestement, elle voulait lui parler de quelque chose mais n'osait pas. Peut-être une confession...

- Hmm ?, demanda Eve.

- Et bien... Je vous ai entendu parler cette nuit, répondit l'infirmière, la voix aussi basse que son regard. Je ne sais pas si c'était dans votre sommeil ou pas. C'est juste que... J'ai trouvé ça très beau. Et vous articuliez beaucoup mieux que quand vous êtes éveillée.

- Je...disais...quoi ?, bredouilla Eve.

- Vous parliez de procurer le bonheur aux gens. De leur donner la vérité. Se débarrasser des biens matériels, se sentir en paix avec soi-même, être fier de ce que l'on est... Et vous disiez tout ça avec une élocution tellement meilleure que d'habitude. Vous parliez parfaitement. C'était beau... C'était... C'était vraiment beau... »

Jennifer avait gardé les yeux rivés sur le sol tout du long. Sur ses derniers mots, elle se leva précipitamment et sortit de la chambre. Eve, elle, souriait. Elle ne se souvenait pas avoir parlé seule cette nuit-là. C'était donc dans son sommeil. Jennifer ne mentait pas, elle en était persuadée, elle voulait s'ne persuader : tout ceci n'était pas une expérience. Elle avait réussi à convaincre la seule personne à qui elle avait parlé de la vérité. Peut-être bien, oui, peut-être bien qu'elle était vraiment la prophétesse.

10

Les jours passaient, et l'état d'Eve s'améliorait nettement. Elle était désormais en mesure de s'asseoir et de replier très légèrement ses jambes. Ses mains avaient également retrouvé de leur utilité, notamment en lui permettant de manger seule. Les choses allaient beaucoup mieux pour Eve. Physiquement, c'était indéniable. Mentalement aussi. Le docteur lui-même avait parlé de « bonnes nouvelles ».

Sa famille venait régulièrement lui rendre visite, mais elle n'y trouvait aucun plaisir. En général, elle feignait la fatigue ou faisait mine de ne pas pouvoir parler correctement. Dans le doute, Eve préférait ne faire confiance à personne, ni à ses parents, ni même à Adam. La précaution était nécessaire, même si cela lui coûtait de ne pas rendre son affection à son frère.

Elle tendait à repousser le délire paranoïaque de l'expérience et du complot généralisé. En fait, elle n'en avait parlé à personne. Pendant des mois et des mois, elle avait été dans le coma. Il n'était donc pas si idiot de tâtonner un peu avec la réalité au réveil. Mais elle en était désormais convaincue : la chambre blanche avait existé. Ses discussions avec la voix, la vérité, son rôle de prophète, tout ceci était réel. Et elle voyait tout sous ce prisme. Le carré Hermès de sa mère ou le costume griffé d'Adam, autant de grossières acceptations de la société matérialiste que l'Homme avait générée. L'hyper connectivité générant plus de rumeurs et de « buzz » que d'information, symbolisée ici par le smartphone qu'Adam ne quittait quasiment jamais des yeux. Tout comme cette compassion feinte dont elle était l'objet chaque jour lorsqu'infirmiers, médecins et proches la regardaient avec un sourire forcé. La vérité prédisait que les faux sentiments nuisaient au bonheur. Tout comme la bien-pensance, le politiquement correct ou les « bonnes » théories auxquelles chacun était obligé de croire, comme l'égalité des sexes ou des races. Quand elle serait parfaitement remise, Eve endosserait pleinement son rôle et montrerait le chemin de la vérité. La vraie. Celle de la voix.

A vrai dire, une première disciple semblait apparaître. Au fil des conversations convenues et des regards intrigués, Jennifer avait fini par montrer de véritables dispositions. Elle avait toutes les qualités, à commencer par l'humilité et l'écoute. Ses supérieurs mettaient en doute ses compétences, mais il y avait chez cette jeune femme un potentiel inexploité. Eve le voyait d'autant plus que la voix l'avait dotée d'une confiance nouvelle. A l'opposé de celle qu'elle avait été. Elle devrait aller vers son prochain et lui parler de la voix, de la vérité. Jennifer serait la première.

En milieu d'après-midi, ce jour-là, l'infirmière fit son apparition dans la chambre d'Eve. Comme à son habitude, elle avait les cheveux attachés et le sourire timide. Et comme à son habitude, elle se contenta de dire bonjour et de faire les contrôles habituels. En général, elle profitait de ses pauses pour venir lui rendre visite. Certaines allaient bavarder, d'autres fumaient une cigarette. Jennifer, elle, rendait visite à ses anciens patients. Eve, adossée à son oreiller, l'observait d'un œil amusé. Elle pouvait sentir l'envie irrémédiable qu'avait Jennifer de venir lui parler.

« C'est un joli collier que vous avez, lui lança Eve, désormais pleinement capable de tenir une conversation intelligible.

Surprise, la jeune infirmière porta la main à l'objet. C'était un bijou doré, orné d'un pendentif légèrement nacré.

- Merci, répondit Jennifer, toujours aussi timidement. Je l'aime beaucoup aussi.

- Quelqu'un vous l'a offert, je suppose. Ou c'est un héritage de famille...

- Oh non, je me le suis acheté. Je le trouvais tellement beau.

Eve profita de la brèche et engagea sa rhétorique.

- Et il vous rend heureuse, ce bijou ?

Stupéfaite, l'infirmière ne sut quoi répondre.

- Je ne sais pas... Je suppose que oui puisque je serais malheureuse de le perdre.

- Vous vous considérez comme dépendante de ce bijou ?

- Oh, n'exagérons rien, sourît Jennifer tout en s'asseyant à côté d'Eve. On ne peut pas dire qu'un bijou me rendre heureuse. Mais il me rend belle et ça me plaît.

Sous ses airs ingénus, la jeune femme cachait une répartie solide. Ce qui eut le don de déstabiliser Eve.

- Et c'est cette beauté extérieure qui vous rend heureuse ?, insista-t-elle.

- Je ne suis pas forcément quelqu'un de très confiant, répliqua l'infirmière. Je fais beaucoup d'erreurs dans mon travail, je ne me considère pas comme très intelligente… Mais ce bijou me donne un peu de courage. J'ai l'impression d'être plus forte avec que sans.

Eve voyait bien où cela menait. Exactement où elle le voulait.

- Jennifer, dit-elle en regardant son interlocutrice dans les yeux. Vous avez cette force en vous. Elle est là, quelque part, et elle n'a pas besoin de ce bijou pour s'exprimer. Et, croyez-moi, vous êtes ravissante, quel que soit ce que vous portez. Nous sommes avant tout des êtres humains, des personnalités et nous n'avons pas besoin d'une belle gueule pour exister. Soyez forte, soyez confiante, soyez heureuse Jennifer. Ce n'est pas ce bijou qui vous y aidera. Ce n'est qu'une illusion, une dépendance néfaste.

Un long silence s'installa durant lequel les deux femmes se fixèrent sans bouger. Eve appuyait son discours d'un regard qu'elle voulait puissant et convaincant. Jennifer, elle, restait bouche-bée, stupéfaite. Elle avait bu les paroles de sa patiente et y avait trouvé un réconfort salvateur.

- Vous... Vous avez raison, répondit-elle. Bien sûr que vous avez raison.

Un petit rire nerveux s'échappa de sa bouche. La sensation qu'elle ressentit était unique. D'ordinaire, les seules personnes qui s'adressaient à elle voulaient la séduire ou lui reprocher de mal faire son travail. Mais face à Eve, Jennifer avait l'impression d'écouter une amie et une autorité morale tout à la fois. Troublée par ce sentiment, elle se leva, esquissa un sourire et sortit précipitamment.

- Repensez à tout cela », lança Eve, particulièrement satisfaite de son travail.

Les premiers jalons étaient posés. Le reste viendrait naturellement...

Durant les trois jours qui suivirent, Jennifer ne rendit visite qu'une courte fois à Eve. Mais ses regards ne mentaient pas : elle était intriguée. Elle voulait savoir, discuter de nouveau avec cette jeune femme étrange. Eve le voyait, le sentait mais attendait son heure. Mieux valait ne pas brusquer la seule personne à qui elle pourrait délivrer la vérité depuis son lit d'hôpital.

Le quatrième jour, l'infirmière apparut à un horaire inhabituel. Depuis le temps, Eve connaissait bien le planning de soins, les horaires et les jours de repos du personnel. On était mardi. Jennifer ne travaillait pas le mardi. Et, de fait, c'était habillée d'un jean et d'un chemisier qu'elle apparut dans la chambre. Pas de blouse, pas de badge. Une simple visite.

« Bonjour, lança-t-elle, souriante mais sur ses gardes.

Eve la contempla plusieurs secondes. Elle était vraiment belle.

- Bonjour Jennifer. Je croyais que vous ne travailliez pas le mardi ?

Elle regretta immédiatement cette phrase, qu'elle trouvait trop familière. Il fallait qu'elle travaille son élocution, du ton au vocabulaire.

- Je suis venue vous parler.

- Et si on se tutoyait, Jennifer ?

L'infirmière parut ravie de la suggestion. Beaucoup plus en confiance, elle s'installa sur un fauteuil, face à Eve.

- J'ai beaucoup repensé à ce que vous... tu m'as dit l'autre jour. Sur mon pendentif. Ça m'a un peu chamboulé parce que ça m'a fait prendre conscience de plein de choses.

- Comme quoi ?, l'encouragea Eve.

- Comme... Comme ce chemisier, répondit Jennifer, en pinçant son vêtement. Je l'ai acheté parce que je le trouvais joli mais, maintenant, je me trouve stupide d'avoir fait ça.

- Tu n'es pas stupide. Tu es le fruit d'années de conditionnement. On veut nous faire croire que la vie se résume aux bons achats mais nous sommes plus que ça. Bien plus.

- Exactement, répondit l'infirmière. Tu m'as ouvert les yeux d'une certaine façon. Je devrais choisir mes vêtements en fonction de leur confort et pas de leur beauté. J'ai des chaussures qui me font mal, mais je les mets quand même. C'est idiot !

Eve se contenta de hocher la tête. C'était beaucoup plus facile qu'elle l'aurait cru. Sans aucun doute, Jennifer avait des prédispositions. Mais jusqu'ici, tout se déroulait absolument comme elle le souhaitait.

Son interlocutrice soupira et sourît.

- Ça me fait un bien fou de parler de ça, confessa-t-elle. J'avais peur de passer pour une folle, ou une extrémiste. Mais c'est juste logique. Je devrais jeter tout ce que j'ai acheté de superflu.

- Non, la coupa Eve. Non, ce n'est pas ta faute. Si tu décides de faire des changements majeurs dans ta vie, essaye d'y penser à l'avenir. Mais ce qui vient du passé pourra te servir à te rappeler les éventuelles erreurs que tu as pu commettre.

L'espace d'un instant, Eve se demanda si Jennifer n'était pas déjà plus convertie qu'elle-même. Certes, il ne s'agissait pas d'un culte ou d'une secte. Plutôt une philosophie. Mais elle l'avait tellement absorbée, avec un tel zèle, qu'Eve envisagea de lever le pied. Ce n'était pourtant pas à elle de prendre cette décision. Jennifer était libre.

- Enfin voilà... Je voulais juste te dire que ce m'avait fait beaucoup de bien de te parler. Ça m'a... inspirée en quelque sorte.

Eve lui sourit poliment en hochant la tête. Son infirmière lui tendit une main amicale et elle la saisit sans hésitation. Les conventions auraient voulu qu'elles deviennent amies. Mais, en réalité, les choses étaient bien plus importantes.

- Ça m'a fait plaisir de te voir, Jennifer. Vraiment.

- A moi aussi. A vendredi alors ?

- A vendredi. »

Et tandis que Jennifer quittait la pièce, Eve continuait de sourire. La première pierre d'un grand édifice venait d'être posée.

Durant les trois semaines suivantes, les entrevues entre les deux femmes se multiplièrent. Parfois, elles évoquaient leurs goûts cinématographiques, leurs lectures, l'actualité. Il leur arrivait aussi de raconter leurs parcours personnels, sujet sur lequel Eve essayait de rester floue. Un grande partie de leurs discussions, cependant, tournaient autour de leur philosophie commune. Le rejet des frivolités et du superflu commercial en consistait la base, mais la vérité allait plus loin que ça. Eve essayait de s'approprier les préceptes enseignés par la voix. La haine d'Internet, la volonté de voir les richesses mieux réparties, la protection des territoires... Ce dernier point en particulier avait gêné Eve dans la chambre blanche et semblait tourmenter Jennifer à son tour. Si ni l'une ni l'autre ne voulaient remettre en cause la nationalité de populations immigrées, la vérité prônait un attachement à la terre plus important et, par conséquent, une forte diminution des flux migratoires.

« C'est très difficile d'empêcher des étrangers de venir en France ou des Français d'aller à l'étranger, expliqua Eve un jour. Mais l'objectif est de rendre son propre territoire plus attractif, pour que chacun y soit heureux. Le déracinement est une tragédie, après tout. Il faut empêcher que ça arrive ».

Jennifer avait semblé sceptique mais, comme pour le reste, avait fini par l'accepter. Tout comme elle avait convenu que les juifs avaient une mainmise certaine sur le monde de la finance et que les populations arabes représentaient un danger plus important que la moyenne. Quelques jours auparavant, tout ceci aurait sonné comme du pur racisme à ses oreilles. Mais Eve avait su la convaincre que tout ceci était bel et bien la vérité.

Le même type de réticence s'appliqua sur la répartition des sexes. Là où Eve essayait de convaincre Jennifer qu'une société organisée fonctionnerait mieux, l'infirmière opposait la théorie obtuse de l'égalité femme-homme. En soi, la vérité n'avait rien contre, mais les femmes avaient un rôle à tenir et les hommes un autre. Le bonheur collectif passait par un strict respect de cette répartition. Pourtant, Jennifer s'en tenait à son féminisme autoproclamé, bramé sur tous les médias et les réseaux sociaux. Elle avait, comme ceci, une quantité incroyable de barrières qu'il convenait de briser. Concernant les races, les sexes, les différences générationnelles, la pseudo liberté totale qu'autorisait Internet, l'objectivité des médias… Et Eve s'employait à détruire méthodiquement chacune de ces idées préconçues pour les remplacer par la vérité. Lentement mais sûrement.

De fait, la jeune prophétesse semblait se complaire dans ce rôle. Ses arguments s'affûtaient face aux réticences de Jennifer et elle se découvrait des qualités d'oratrice insoupçonnées. Mais elle demeurait frustrée par son statut de patiente hospitalière. Il lui fallait bouger, parler à un plus grand nombre, accomplir son projet, remplir son rôle.

Le jour vint où, finalement, Jennifer posa la question qu'Eve attendait depuis longtemps. Elles avaient fait le tour de bien des sujets et toutes deux pensaient bien se connaître. La jeune infirmière s'était complètement dévoilée et son passé n'avait plus de secret pour Eve. Celle-ci, en revanche, avait caché l'essentiel, de Thomas à l'agression sur Toulette. Sans oublier le plus important de ses secrets.

« Tu as quel âge déjà, Eve ?

- J'ai eu 26 ans pendant mon coma.

- Désolée... C'est juste que je me demandais quelque chose... Tu as une vision très précise des choses et c'est ce que je trouve intéressant chez toi. J'aime ta philosophie, ta façon de penser, ta façon de parler.

Jennifer marqua un temps. Eve se contenta d'attendre, espérant que les choses aillent dans le sens voulu.

- Excuse-moi, c'est juste que je me disais que tu avais bien dû déjà parler de ça avec quelqu'un. Peut-être même qu'on t'a influencée ou qu'on t'a enseignée tout ça. Je veux pas dire que tu n'as pas réfléchi à tout ça par toi-même...

- Ne t'inquiète pas, la coupa Eve, alors que Jennifer semblait se perdre dans son explication. Je comprends ce que tu veux dire.

Elle avait attendu cette question longtemps. Autant qu'elle l'avait redoutée. C'était l'instant où tout allait se jouer. Où elle allait faire de Jennifer sa première disciple ou une jeune femme déçue. Tout était une question de foi. Elle se redressa quelque peu sur son lit.

- J'ai fait des études de philosophie, tu le sais. J'ai été sensibilisée à beaucoup de courants de pensée là-bas. Mais je vais te dire la vérité, quitte à t'effrayer un peu.

Jennifer n'esquissa aucun mouvement. Elle était captivée.

- Quand j'ai eu mon accident, je me suis réveillée dans une chambre entièrement blanche... »

Plus d'une heure plus tard, les deux femmes étaient épuisées, l'une sur le fauteuil jaune réservé aux visiteurs, l'autre assise dans son lit. Eve avait un violent mal de tête tant sa replongée dans la chambre blanche lui avait demandé un effort intellectuel violent. Jennifer, elle, était passée par tous les états. Évidemment, elle avait d'abord cru à une blague. Puis, face aux détails et au sérieux de l'histoire, elle pensa à un mensonge grossier. Au final, tout le récit la poussa vers l'incrédulité. Comment pouvait-elle décemment donner foi à tout ce récit alors que rien ne tenait debout ? Eve avait halluciné durant son coma, c'était la seule explication possible. Durant des semaines, elles avaient parlé, s'étaient ouvertes l'une à l'autre. Il était difficile pour Jennifer de lui en vouloir. Sa pauvre patiente était une femme extraordinairement intéressante, mais elle souffrait d'un délire paranoïaque manifeste. Aussi difficile que cela paraissait, il lui fallait prendre ses distances.

« Tu ne me crois pas, n'est-ce pas ?, lui lança Eve avec un sourire en coin.

Jennifer hésita. Toutes deux avaient besoin de temps. Il fallait que tout cela passe, qu'Eve sorte de ce délire néfaste.

- Je crois que tu penses dire la vérité, hésita Jennifer. Mais tu sors d'un long coma. Peut-être que tu as pensé voir des choses...

- Tu ne crois pas que j'y ai déjà réfléchi ?, explosa Eve, rouge de colère. Tu as le droit de ne pas me croire, mais ne me dis pas que je sors du coma. Ça fait des semaines que je traîne dans cette chambre à essayer de marcher de nouveau, à retrouver la parole. Tout ce que je peux faire ici, c'est réfléchir. Alors oui, ça peut paraître délirant, mais j'ai vécu tout ça. Et tout ce que j'ai partagé avec toi depuis est le fruit de cette expérience. Je vois les choses autrement maintenant. Je vois la vérité, tu comprends ? La vérité ! »

Jennifer était pétrifiée. La peur avait pris le dessus. Lentement, elle se leva, sans quitter des yeux la bombe à retardement qui lui faisait face. Eve était toujours rouge, un peu essoufflée, mais gardait une position assise agressive. Sa poitrine se levait et descendait au rythme de sa respiration accélérée. Prudemment, l'infirmière prit la direction de la sortie et laissa Eve se calmer. En entrant dans cette pièce, elle la respectait et l'admirait. Désormais, elle la craignait. Non, elle ne la croyait pas, mais c'était la violence de son déni qui l'effrayait.

Eve, elle, regrettait amèrement d'avoir perdu son sang-froid. Jusqu'ici, la situation n'avait pas échappé à son contrôle, mais une fois le problème devenu personnel, elle réalisa qu'il lui serait plus facile de parler de la vérité que de son expérience personnelle.

Du temps. Elles avaient besoin de temps. Toutes les deux.

11

Lorsqu'elle se réveilla le lendemain, Eve eut une révélation. Jennifer n'aurait pas pu être sa première disciple. Il fallait convenir que son histoire était totalement folle. Elle avait besoin de personnes saines d'esprit et, clairement, il fallait être dingue pour croire à tout ça. Mais il existait peut-être une solution.

Depuis quelques jours, Eve pouvait se déplacer seule. Le plus souvent, elle avait besoin d'un fauteuil ou d'un déambulateur. La conséquence majeure était une fatigue nettement accrue, mais aussi la possibilité de voir autre chose que sa chambre par ses propres moyens. Les possibilités étaient immenses. Elle pouvait aller à la rencontre d'autres patients, des personnes parfois perdues, en quête de repères, des repères qu'elle était à même de leur offrir. Elle aurait également pu profiter de son statut d'handicapée provisoire pour jouer sur la corde sensible. Une idée qu'elle refusa pourtant d'envisager. L'expérience avec Jennifer lui avait démontré qu'elle avait besoin de plus que de la vérité pour convaincre. Il lui fallait trouver des compagnons de route, des égaux. Après tout, c'était logique : il *devait* y en avoir d'autres.

Au rez-de-chaussée de l'hôpital se trouvait une salle de loisirs où semblaient se retrouver quelques habitués. Cinq ou six jeux de société prenaient la poussière sur des étagères, face à des livres un peu usagés. Le tout donnait une impression de bibliothèque d'école primaire, avec des bancs en bois rembourrés et des dessins maladroits accrochés aux murs. Ici, quatre octogénaires menaient une bataille acharnée de dominos. Là, deux femmes d'une quarantaine d'année discutaient, un livre ouvert sur les genoux. Certains promenaient des perfusions, d'autres exhibaient des bandages. Seul un homme en costume, assis immobile et inactif au fond de la pièce, dénotait dans ce paysage déprimant. Quelques jours plus tôt, Eve aurait vu là un auditoire parfait. Mais sa démarche était toute autre maintenant.

Assise sur son fauteuil roulant, Eve poussa sur son bras droit, effectua un virage net, ignorant superbement tout le monde. Elle poursuivit son chemin sur quelques mètres pour finalement atteindre son objectif : un ordinateur équipé d'Internet.

Jennifer regarda à côté d'elle. 14 h 38. Cela faisait une heure qu'elle était allongée sur son lit, fixait le plafond et essayait de faire le point sur la situation. Eve. Eve et ses idées. Eve et son sourire. Eve et sa formidable philosophie, si cohérente, si efficace, si confortable. Eve et sa plus que probable paranoïa. Évidemment, la réaction la plus saine aurait été de prendre ses distances et de demander à ne plus s'occuper d'elle. Sa responsable aurait été ravie de la voir partir, bien sûr. Tout la poussait à mettre Eve Duval dans un grand sac et à l'enfouir dans ses souvenirs. Il n'y avait strictement aucune raison rationnelle qui l'aurait poussée à reprendre contact avec elle. Et malgré tout, elle ressentait cette envie irrépressible de retourner à son chevet et de parler pendant des heures de tout, de rien, de lui poser des questions sur son expérience, de l'entendre dire que la vérité avait solution à tout. Jennifer ne pouvait pas décemment croire en l'histoire d'Eve. Mais elle en avait tellement envie ! Elle croyait en sa philosophie, d'où qu'elle vienne. Mais quelque chose en elle avait besoin d'une confirmation, d'un signe qui la pousserait à suivre son instinct.

Eve apprit de manière particulièrement pénible qu'il lui était difficile d'utiliser correctement ses doigts. Elle n'avait jamais eu d'exceptionnels talents de dactylographie, mais une simple recherche sur Internet lui prit une éternité. D'autant que son fauteuil la positionnait beaucoup trop bas par rapport au clavier. Ce fut donc dans un parfait inconfort que la jeune femme entama un travail de longue haleine qui, elle l'espérait, la mènerait à la prochaine étape de son projet.

Deux heures passèrent durant lesquelles Eve navigua entre faux espoirs et découragement. Rien. Rien du tout. Pas le moindre signe de ce qu'elle recherchait. Et un violent mal de crâne la ramena à sa condition de convalescente. Touchée mais pas abattue, elle fit demi-tour et reprit la direction de sa chambre. Ses doigts étaient endoloris par l'inhabituel exercice et sa tête lui faisait un mal de chien. De fait, le retour dans son lit lui sembla éternel et, lorsqu'enfin elle put s'allonger et fermer les yeux, elle jura de ne pas s'arrêter à ça et de continuer à chercher. Il devait y avoir quelque chose. Il devait y avoir quelqu'un.

Les scènes défilaient mais Jennifer ne parvenait pas à se concentrer. D'ordinaire elle raffolait des téléfilms de l'après-midi. Des histoires d'amour sans fond, ni crédibilité, mais qui permettaient de faire le vide autour de son métier parfois difficile. Cette fois, cependant, le seul scénario qui se déroulait devait ses yeux était celui de ses longues discussions avec Eve. Elle lui manquait et Jennifer n'avait aucun problème à l'admettre. Mais il était encore trop tôt pour qu'elle reprenne ce chemin. Sa décision n'était pas encore prise. D'ici là, elle resterait en congés et quelque chose lui disait qu'on se porterait très bien sans elle.

Trois jours qu'elle avait appelé son travail en prétextant un coup de fatigue. Trois jours qu'elle faisait les cent pas dans son appartement en ne pensant qu'à Eve. Et la seule conclusion à laquelle sa solitude absolue la menait était qu'elle n'avait qu'une seule amie. Une patiente philosophe et paranoïaque. Quelqu'un que tout le monde qualifierait de folle mais qui lui manquait terriblement.

Depuis presque une semaine, Eve passait le plus clair de son temps sur Internet. Après des heures et des heures de recherches infructueuses, elle avait fini par mettre la main sur plusieurs informations intéressantes. Elle avait trouvé le fil de la pelote et il lui restait seulement à tirer. Mais l'impatience commençait à prendre le dessus et les infirmières lui avaient plusieurs fois reproché de passer trop de temps devant l'écran. D'ailleurs, où était passée Jennifer ? Elle avait dû lui faire une peur bleue. Manifestement, elle s'y était mal prise avec la jeune femme et il faudrait bien apprendre de cette erreur.

L'esprit totalement ailleurs, Eve se baladait sur le net sans prêter attention aux informations qui défilaient. Sa tête commençait à la faire souffrir et, comme souvent, c'était le signal du départ. Elle s'en voulait d'être encore si faible et, surtout, d'avoir laissé son esprit divaguer. Elle devrait reprendre toute la fin de ses recherches, avec concentration cette fois.

Le lendemain, sa famille vint lui rendre visite. Ils venaient maintenant un week-end sur deux. C'était le rythme adapté à leurs consciences. En général, Adam essayait de tenir la conversation, tandis que ses parents se contentaient de prendre de ses nouvelles. Chacun savait que tout ceci ne servait à rien, mais la tradition demeurait. Seul Adam y voyait un réel intérêt. Il était convaincu que sa sœur était toujours dans une phase de reprise avec la réalité. Il avait essayé de se renseigner sur le coma et ses conséquences, mais chaque cas était tellement différent de l'autre que c'était inutile. Il aimait sa sœur, il voulait la voir s'épanouir. La chose était déjà difficile avant son accident et, là, il devait bien convenir qu'elle s'était totalement renfermée. Quand elle ouvrait la bouche, c'était pour bredouiller une réponse banale. La chose la plus étonnante, du point de vue d'Adam, était qu'Eve semblait être devenue plus confiante, presque arrogante. Comme si elle avait développé un complexe de supériorité.

Une fois de plus, la visite familiale se solda par des paroles convenues échangées à tout-va, mélange de constats sur le temps et de réflexions sur les soins apportés. Puis chacun retourna à ses affaires, la conscience tranquille. Eve, comme après chaque passage de ses parents, était épuisée et s'endormit rapidement. Adam, lui, repartait avec des questions plein la tête. Des questions auxquelles sa sœur devrait bien répondre, tôt ou tard.

Ce fut un dimanche, lendemain d'une de ces fameuses visites, que les recherches d'Eve prirent un tournant intéressant. Elle avait eu le tort d'être trop spécifique d'entrée, trop précise. Mais en élargissant son spectre, elle avait pu trouver exactement ce qu'elle cherchait. Les forums, les articles de journaux locaux, les blogs... Elle avait parfois le sentiment d'avoir fait le tour du net à la recherche de son précieux sésame.

Ce jour-là, donc, elle découvrit avec stupeur ce qu'elle cherchait depuis des jours et des jours : quelqu'un d'autre. Sa logique reposait sur l'idée qu'elle ne devait pas être la seule à être entrée en contact avec la voix. Il lui fallait trouver des compagnons, d'autres prophètes, des gens qui avaient vécu ce qu'elle avait vécu, qui la croiraient et l'aideraient dans sa démarche. Initialement, elle s'était trop focalisée sur la forme. Les rares personnes qui prétendaient avoir été emprisonnées dans des chambres blanches semblaient dérangées. Et ceux qui confessaient avoir reçu la vérité d'une voix s'accrochaient aux branches des religions déjà existantes. De déceptions en déceptions, Eve avait fini par croire qu'effectivement, elle était peut-être la seule. Mais avant d'abandonner, elle misa tout sur le contenu des paroles de la voix. Les thématiques, la philosophie, toute la vérité était éparpillée là, sur Internet. Mais rares étaient ceux qui la prêchaient intégralement, en plus de correspondre aux autres critères.

Au final, ce qu'Eve chercha, et finit par trouver, se cachait au fond d'un forum sur la santé. Quelqu'un qui aurait reçu les enseignements précis de la voix, dans leur sommeil ou par flashes, et qui combinaient toutes les approches de la vérité. Ce n'était pas la chambre blanche, certes, mais n'était-elle pas *la* prophétesse, chargée de proclamer la vérité aux oreilles du monde ? Un traitement particulier paraissait cohérent.

Ainsi commença une nouvelle forme de recherches, auxquelles Eve consacra encore plus de temps et d'énergie. Si l'équipe de l'hôpital ne la contraignait pas à rester plus souvent au repos, elle aurait passé ses journées entières à trouver ceux qu'elle appelait déjà « ses semblables ». Elle demeurait enfermée dans ses certitudes, la seule compagnie dont elle disposait et qui lui procurait un réconfort total. Sa confiance était renforcée et jamais, pas à un seul instant, sa foi n'était remise en doute. Totalement murée dans sa solitude et son obsession, plus liée à la vérité que jamais, imperturbable dans sa fidélité à la voix, Eve ne vit pas passer le temps.

Et puis, un jour, lors d'un de ses passages routiniers, son médecin lui annonça qu'elle serait bientôt apte à sortir. Comme ça. Abasourdie, Eve dût demander au docteur de répéter sa sentence mais elle était définitive : une semaine plus tard, l'hôpital ne serait plus qu'un souvenir. Retour à la vie réelle.

La nouvelle choqua Eve bien plus qu'elle ne l'aurait cru. Depuis plus de trois mois, un an si l'on comptait son coma, cette chambre était son quotidien. Elle ne voyait personne en dehors de Jennifer et des visites de sa famille, et cela lui allait très bien. De plus, ses recherches lui offraient une distraction suffisante pour qu'elle ne considère pas ses journées comme désagréables. Mais dehors, à quoi ressemblerait sa vie ? Où vivrait-elle et serait-elle capable de continuer ses recherches au même rythme ? Autant de questions qui l'obsédèrent pendant des heures et des heures, au point de troubler sa concentration lors de ses fouilles sur Internet. Il lui fallait régler ce problème et c'est pourquoi, pour la première fois depuis son réveil, elle appela quelqu'un et lui demanda de venir. Mais pas avant qu'elle ne se soit parfaitement préparée.

Adam arriva en fin d'après-midi. Il était préoccupé car sa sœur ne lui avait jamais demandé de venir auparavant. Mais il avait la ferme intention de percer la carapace et de découvrir ce qui avait causé ce changement d'attitude si soudain chez elle. Dans sa position, on ne quittait pas facilement son bureau d'un instant à l'autre ; il devait donc faire en sorte que cette visite compte.

Il frappa trois coups et entra doucement. Sa sœur était debout devant la fenêtre dans une posture si théâtrale qu'Adam leva un sourcil, incrédule. Eve s'appuyait sur une canne et la scène lui rappela vaguement « Le Parrain ». Si c'était l'effet recherché, il était réussi, mais dans une dimension parodique.

« Bonjour petite sœur, lança-t-il, comme pour mieux rétablir la hiérarchie.

Celle-ci se retourna et regarda fixement son frère quelques instants. Elle alla prendre place sur le bord de son lit et s'éclaircit la gorge.

- Je sors d'ici jeudi prochain, lâche-t-elle, sans un bonjour, sans un égard.

- Jeudi ? Jeudi dans quatre jours ?

- Jeudi dans quatre jours.

Adam demeura silencieux. Ainsi, sa sœur ne daignait pas le gratifier de la plus élémentaire politesse et le convoquait dans sa chambre dans l'unique but, probablement, de lui demander un hébergement pour sa sortie. Et bien cela aurait un prix.

- C'est une bonne nouvelle, répondit-il simplement, sans la moindre trace d'effusion. Mais tu aurais pu me dire ça au téléphone, non ?

Eve esquissa un sourire entendu.

- J'aurais pu, mais c'est plus compliqué que ça. J'aurais un service à te demander. Un grand service.

La rhétorique d'Eve était non seulement condescendante, mais aussi incroyablement grandiloquente. Et cette impression venait d'un homme qui fréquentait le monde politique.

- Écoute, petite sœur, je veux bien te rendre service, mais les choses vont dans les deux sens. Depuis des mois, tu te comportes comme une huître, tu ne nous parles pas, tu te contentes de bredouiller des réponses banales.

Adam marqua un temps durant lequel il prit une chaise et alla s'asseoir pile en face d'Eve. Il passait le plus clair de ses journées à imposer sa volonté et son caractère à tout ce que la région comportait de personnalités institutionnelles. Ce n'était pas sa sœur cadette qui le ferait douter.

- Alors tu me dis tout de suite ce qu'il se passe, ou je m'en vais et je te laisse te démerder pour ta sortie. Il y a un hôtel à quelques centaines de mètres, si tu veux.

Tous deux se fixèrent quelques secondes puis, à la grande surprise de son frère, Eve éclata de rire. Là encore, un rire théâtral, qu'il ne lui connaissait pas. Malgré sa détermination, Adam était totalement déstabilisé. Il ne reconnaissait pas la jeune femme devant lui. Plus aucune trace de sa vulnérabilité, ni de son manque de confiance. Le résultat était déroutant.

- Adam, mon frère, tu crois vraiment que c'est de ça qu'il s'agit ? Mais je ne te parle pas de logement, mentit Eve. Mais d'accord, puisque tu es si intéressé, qu'est-ce que tu veux savoir ?

- Je veux que tu me dises qui tu es, lâcha Adam. Je ne te reconnais plus. Avant ton accident, tu étais perdue, tu étais en quête de repères et tu voulais une meilleure vie. Aujourd'hui, je te vois là et tu me parles comme si j'étais un sous-homme et que je devais être honoré d'être en ta présence. Alors dis-moi, pourquoi tu es devenue si... si détestable ?

Une fois de plus, Eve éclata du plus méprisant des rires. La visite de son frère était supposée la confronter à une forme de réalité pour la première fois depuis son réveil. Et elle n'était pas déçue. Quelle étroitesse d'esprit, quelle mièvrerie ! Son frère cherchait la confrontation, il la trouverait.

- Disons que j'étais en quête de repères. Que j'aspirais à une meilleure vie. Mais j'ai tout ça désormais Adam. Tu me trouves arrogante ? Bien. Je le suis. Pour des raisons que tu ne pourrais pas comprendre. Un jour, peut-être... Je te le souhaite. La vérité, Adam, la seule et unique vérité est que tu combats dans le vide. Aujourd'hui, c'est ta vie qui n'a aucun sens. Il m'a fallu du temps pour le comprendre, mais je le sais maintenant. Tu n'es pas un sous-homme Adam. Tu ne *sais* pas, tout simplement.

- Mais qu'est-ce que c'est que cette rhétorique de gourou de centre commercial ?, tonna le frère aîné, offensé et irrité. D'accord, vas-y, dis-moi, je ne sais pas quoi ?

Eve sourît mystérieusement.

- Tu ne sais pas, c'est tout. Tu n'es pas prêt à comprendre.

Brutalement, Adam se leva, faisant valser la chaise en direction de la salle de bain. Il tourna les talons et prit la direction de la sortie. Une dernière fois, car sa conscience le lui commandait, il s'adressa à sa sœur.

- Tu es passée par des épreuves terribles, Eve. Et j'en suis désolé. Tu n'es plus la même, c'est un fait. Mais je te le dis maintenant, en pesant mes mots : tout ceci n'excuse pas le fait que tu te comportes comme une conne. Maintenant, j'attends que tu retrouves tes esprits. Tu as mon numéro, ne m'appelle que si tu as l'intention d'avoir une conversation décente. »

Sur ces mots, le regard attristé et la mort dans l'âme, Adam passa la porte de la chambre. Eve se contenta de le regarder partir, accompagné d'un homme qui lui disait vaguement quelque chose. Sans doute un collaborateur. Décidément, il était incapable de décrocher de son travail. Quel dommage. Elle aurait aimé voir son frère accepter la vérité. Si elle s'en tenait à la discussion qu'ils venaient d'avoir, c'était peine perdue. Le caractère de son frère était trop forgé. Le simple fait qu'il refuse d'héberger sa sœur parce qu'il n'aimait pas le ton qu'elle employait était criant. Trop d'amour propre, trop de fierté, trop de conditionnement... Et, pour Eve, beaucoup trop de barrières à franchir pour offrir la vérité.

De son côté, Adam ruminait sa déception et sa colère. Au fond de lui, il souhaitait vraiment qu'il reste quelque chose de la sœur qu'il avait aimée. Mais la raison le poussait à craindre que non. Il la connaissait trop bien pour ne pas voir que ce n'était tout simplement plus la même personne.

Il avait promis qu'il repasserait à son bureau en fin de journée. A la place, Adam rentra directement chez lui.

12

Jennifer enfila sa blouse. Ses mains tremblaient toujours. Après dix jours d'arrêt, elle avait pris la décision de revenir. D'abord parce qu'elle ne pourrait pas compter éternellement sur la générosité de son médecin. Ensuite parce qu'il lui fallait tirer au clair le « problème Eve ». Son obsession pour sa patiente avait grandi à mesure qu'elle restait cloîtrée chez elle. C'était donc avec résolution et impatience qu'elle s'apprêtait à reprendre le travail. Et, par conséquent, à retrouver Eve. Bien sûr, elle pouvait toujours éviter d'aller la voir. Mais la tentation était telle...

« Regardez qui nous fait l'honneur de sa présence !

Sa supérieure ne semblait pas avoir trouvé le temps long en son absence. Voilà, précisément, quelque chose qui n'avait pas manqué à Jennifer. Depuis deux ans qu'elle travaillait dans cet hôpital, jamais le moindre réconfort n'était venu de ses collègues. Son plaisir professionnel, elle le trouvait chez ses patients, à qui elle s'attachait profondément. C'était une des nombreuses choses qui lui était reprochées. Car, elle était la première à en convenir, Jennifer n'était pas une très bonne infirmière.

Son cursus scolaire était pourtant impeccable et elle était sortie de son école avec une évaluation spectaculaire. La pratique, en revanche, était d'un tout autre acabit. Son excellent dossier lui avait assuré une embauche dans un grand hôpital de Toulouse. Mais l'état de grâce ne dura pas deux mois.

Depuis, Jennifer usait de ses connaissances théoriques pour combler son manque d'efficacité. Mais cela ne durerait pas et, à la première occasion, ce serait le chômage. Elle le savait bien.

- J'espère que vous vous sentez mieux, parce qu'il y a du boulot, poursuivit sèchement la chef du service de Jennifer.

- Oui madame Guyon. Je suis prête madame Guyon.

Sa supérieure était une grande femme qui voyait la soixantaine s'approcher à grands pas. Élégante, très mince, elle était systématiquement tirée à quatre épingles ce qui accentuait la sévérité de ses traits. Rien ne transparaissait de son visage, aucune émotion n'était palpable. Depuis presque quarante ans, elle écumait les services de « son » hôpital. Au fil des ans, elle en était presque devenue une légende vivante. Estelle Guyon était la garantie d'un travail bien fait, d'une rigueur sans faille, mais aussi d'une exigence totale avec son personnel. Jennifer constituait donc le point noir de ses dernières années de service.

- Commencez donc par faire le tour des chambres pour réhabituer les patients à votre présence. Puis revenez mettre de l'ordre dans les dossiers. Nous avons du retard.

- Bien madame Guyon ».

« Nous » avons du retard signifiait, bien entendu, que Jennifer avait du retard. Comme toute bonne chef de service, Estelle Guyon endossait la responsabilité de tout manquement au bon fonctionnement de l'équipe. Mais elle ne manquait jamais de se montrer cassante pour montrer son mécontentement.

Soulagée, Jennifer partit faire le tour des chambres. La quasi-totalité des patients l'adorait. Sa douce naïveté et sa gentillesse tranchait avec le caractère trop professionnel et parfois sec de certains infirmiers.

Une heure durant, elle passa de chambre en chambre, se rappelant au bon souvenir de madame Mélanie et de monsieur Lavie, dont elle connaissait systématiquement le prénom, la pathologie et le sujet de conversation préféré. C'était là, dans ces moments précis, qu'elle aimait son travail. Moments trop rares hélas.

A la fin de sa tournée, elle aperçut la porte de la chambre d'Eve, quelques mètres plus loin, dans le service voisin. Elle avait pensé à ce moment pendant des heures, des jours. Et voilà que se présentait si près d'elle la porte tant redoutée. Galvanisée par l'heure qu'elle venait de passer, totalement ignorante de ce qu'elle pourrait bien dire, Jennifer parcourut les quelques mètres, frappa deux coups secs et entra. La disposition n'avait évidemment pas changé. Tout était parfaitement identique et pour cause : cela ne faisait jamais que dix jours qu'elle avait quitté cette même pièce. Cela lui semblait une éternité au regard des interminables moments qu'elle avait passés à penser et repenser ses discussions avec Eve. Cette chambre, elle la connaissait, elle l'aimait, elle y avait passé de merveilleux moments et c'est pourquoi, sur le coup, elle fut immensément triste de la trouver vide. Eve n'était pas là.

Plus tard dans la journée, Jennifer eut l'occasion de vérifier combien son retour au travail aurait d'importance. Comme sa supérieure le lui avait demandé, elle s'occupa du classement administratif, face sombre du métier d'infirmière. Comme à son habitude, elle ne broncha pas. Comme à son habitude, elle mit deux fois plus de temps que n'importe lequel de ses collègues et comme à son habitude, elle commit plusieurs erreurs.

L'avantage de ces heures de travail ingrates et particulièrement pénibles était l'absence totale de réflexion. Le tout devait être géré mécaniquement, mais Jennifer avait l'esprit trop occupé pour mener la tâche à bien sans la ponctuer d'inattentions. Et quand enfin vint le temps de sa pause, elle ne pensa qu'à une chose, une seule : crever l'abcès.

D'un pas déterminé, elle se dirigea vers la fameuse chambre 18. Après une profonde inspiration, Jennifer frappa rapidement et entra sans attendre d'y être invitée. Sur son lit, radieuse, souriante, Eve la regardait comme si elle l'attendait.

« Bonjour, lança l'infirmière, avec toute la contenance qu'elle pouvait rassembler.

Eve la regarda quelques secondes, stoïque, sans répondre. L'instant était étonnamment émouvant pour Jennifer.

- Bonjour, finit par répondre la patiente. Assis-toi, je t'en prie. Je suppose que c'est l'heure de ta pause.

Toujours décontenancée par l'assurance d'Eve, Jennifer s'exécuta sans broncher. Elle était venue mettre les choses au clair mais il était évident, après une minute à peine, qu'Eve exerçait sur elle une certaine influence.

- Ça fait longtemps, non ?, minauda la jeune femme, profitant de la faiblesse de Jennifer. Tu as pris des vacances ?

- Euh... Oui... Enfin, en quelque sorte...

- Tu es partie quelque part ?

La conversation prenait un tour insipide qui permit à l'infirmière de reprendre ses esprits.

- Non, je... suis simplement restée chez moi. Pour me reposer.

- Pour réfléchir ?

Les yeux d'Eve étaient perçants et semblaient lire en Jennifer. La hiérarchie presque naturelle qui existait déjà entre les deux femmes s'était réinstallée. Eve était aux manettes et commandait sans le moindre effort la direction des propos.

- Oui, j'ai beaucoup réfléchi, finit par avouer Jennifer, le regard au sol. J'ai même l'impression que j'ai trop réfléchi et que je ne suis arrivée à rien.

Eve la regardait toujours, mais son expression était plus compatissante. Elle hochait la tête comme pour inviter son interlocutrice à poursuivre.

- Je tourne en rond, je ne sais plus où j'en suis. Comme si deux parts de moi se battaient pour prendre mon contrôle. C'est difficile à expliquer. Je sais qu'on ne s'est pas quittées en très bon termes, Eve, mais il n'y a que toi qui me comprennes.

- Et je te comprends. C'est normal. Beaucoup de choses ont dû ébranler ta vision du monde. C'est difficile à digérer.

- Oui, soupira Jennifer.

Les deux jeunes femmes se regardaient désormais et, lentement, se mirent à sourire l'une à l'autre. Leur complicité s'était réinstallée. Naturellement. L'élève et la maîtresse, en quelque sorte.

- Tu sais, reprit Eve, ton attitude n'est pas surprenante. Dès nos premiers échanges, j'ai senti qu'il y avait une connexion entre nous, que tu étais réceptive à la vérité. Et puis, je t'ai raconté mon histoire. C'était peut-être trop tôt. J'en assume la responsabilité. Ça t'a choquée et j'en suis désolée. Mais je trouve salutaire que tu aies pris ce temps pour réfléchir à la situation.

Jennifer était toujours aussi charmée par les paroles d'Eve. Ce mélange d'assurance, d'arrogance et de minauderie faisait tomber toutes ses défenses et levait tous ses doutes. Au fond d'elle-même, elle se sentait prête à suivre Eve jusqu'au bout du monde. Mais cette histoire de chambre blanche, de voix...

- Je sais que tu aimerais une preuve, lança Eve, devinant les réserves de Jennifer. Mais je ne peux pas t'en apporter. Cette histoire est la mienne. Le reste est une question de foi. Alors dis-moi : tu crois en moi ?

- Mais oui, soupira Jennifer. Je crois en ta philosophie, j'aime ton message et je veux aider à le propager. Je crois en toi, mais je ne crois pas en ton histoire. Je ne peux pas y croire.

Manifestement déçue, Eve baissa les yeux et prit un moment pour réfléchir. La jeune infirmière face à elle en fut profondément blessée, incapable qu'elle était de distinguer une posture d'une véritable indignation. Le silence s'installa, pesant.

Puis Eve prit une profonde inspiration et, de manière toujours aussi théâtrale, plongea ses yeux dans ceux de Jennifer.

- Très bien. Je ne voulais pas en arriver là, mais la vérité est peut-être à ce prix. Te souviens-tu des derniers mots que la voix m'ait dits ?

- Bien sûr. « Prends ceci en cadeau ». J'y ai beaucoup réfléchi d'ailleurs. Mais je ne la comprends pas.

- Elle a un sens pourtant, répliqua Eve, mystérieuse. Un sens littéral. Un sens premier. Car le dernier cadeau que m'ait fait la voix, le voici.

Tout doucement, la jeune femme se leva, les yeux invariablement plantés dans ceux de Jennifer. Après un temps, sous le regard surpris de l'infirmière, elle ôta le pull qu'elle portait. Puis, toujours lentement, Eve laissa tomber son bas de pyjama et le reste de ses amples vêtements. Après de longues secondes, elle se trouva parfaitement nue. Son expression était dure, elle fixait l'infirmière, montrait que la chose était on ne peut plus sérieuse. Et Jennifer dut en convenir lorsqu'elle constata, en scrutant le corps face à elle, qu'Eve devait en être à quatre mois de grossesse.

- C'est impossible, articula-t-elle entre ses mains repliées sur son visage.

- Improbable, sans doute. Mais pas impossible. Au moment où cet enfant aurait dû être conçu, j'étais encore dans le coma. Pourtant je le porte. Il va bien.

Jennifer fondit en larmes. Tous ces doutes, ces moments perdus, toutes les fois où elle a voulu abandonner Eve, où elle la croyait folle. Pourtant il était là, devant elle, le signe qu'elle avait tant attendu, qu'elle souhaitait de toutes ses forces.

- Pourquoi tu ne me l'as pas dit plus tôt ? J'aurais dû le savoir, j'étais ton infirmière !

- Je sais. J'ai veillé à ce que tu ne le saches pas. Tu étais mon infirmière, tu ne l'es plus. Seules les personnes qui doivent absolument être au courant le sont. Même ma famille ne le sait pas. C'est pour cela que je porte ces vêtements si larges. Je voulais juste que tu croies en moi. Je voulais que tu embrasses la vérité, que tu saches que tu pouvais te reposer sur elle. La vérité est plus importante que tout. Plus importante que moi, que toi et même plus importante que cet enfant. Je veux que tu croies plus en la vérité qu'en moi. C'est pourquoi j'ai attendu de ne pas avoir le choix pour te révéler mon secret.

- C'est magnifique, lâcha Jennifer entre deux sanglots. C'est magnifique ! L'enfant de la voix et de la prophétesse, c'est... c'est extraordinaire ! Il faut que tout le monde sache. Il n'y a aucun doute maintenant : la vérité est réelle. La voix est réelle.

Eve commença à se rhabiller avec un sourire condescendant.

- Jennifer, tu n'as pas compris ma démarche. Je ne veux pas convaincre les masses avec un artifice. Je ne veux pas que tout le monde ne voie que mon ventre et n'entende pas ma voix. Je te l'ai dit, je le répète : la vérité est plus importante, seule la vérité compte.

Alors qu'Eve finissait de se rhabiller et que Jennifer n'en revenait toujours pas, la situation entre les deux femmes n'avait jamais été aussi claire. Bien qu'il y ait toujours eu un rapport de force très déséquilibré, les choses étaient désormais figées : Eve était la prophétesse de la vérité et Jennifer ferait tout pour l'aider dans sa tâche.

- Je ne sais... Je ne sais même pas comment je dois t'appeler, bredouilla l'infirmière. Ni si on doit se vouvoyer. Je... J'ai... J'ai tellement honte d'avoir douté. Je suis tellement désolée !

Eve se leva pour aller réconforter la jeune femme à nouveau en pleurs. Elle l'enlaça et lui caressa les cheveux dans une posture maternelle qui convenait parfaitement à la situation.

- Chut, ne dis pas ça, la rassura-t-elle. Tout le monde doute, tout le monde ne sait plus où mettre les pieds à un instant ou un autre. C'est normal lorsque l'on n'a pas de repères fixes. J'étais comme toi Jennifer, et dans une certaine mesure, je suis toujours un peu comme toi. C'est pourquoi je ne souhaite pas que notre relation évolue. Je reste Eve. Je reste la prophétesse. Je n'ai pas changé. C'est ta foi en moi qui a évolué. Appelle-moi donc comme tu l'as toujours fait, et sers la vérité.

- Mais comment je pourrais être d'une utilité quelconque ?, explosa Jennifer, révoltée contre elle-même. Je ne suis bonne à rien, c'est ce qu'on me répète sans cesse. Je suis inutile.

- Mais non, mais non, continua Eve, caressant toujours les cheveux de sa disciple en larmes. Ne t'inquiète pas, tu sauras être utile... »

13

L'homme se leva et bâilla lourdement. Il était fourbu. Son immense carcasse semblait peser trop lourd. Pendant de longues minutes, il regarda le plafond pensivement. Que faisait-elle en ce moment ? Dormait-elle encore ? Était-elle encore accrochée à Internet ?

Il leva ses 110 kilos et se traîna jusqu'à la salle de bain. Là, il prit une douche et se masturba, toujours en pensant à elle.

Avec le temps, cela devenait une obsession. Il *devait* savoir ce qu'elle faisait, avec qui elle était, comment se passait sa convalescence. Son image lui revenait constamment à l'esprit. Il avait ce souvenir à chérir, encore et encore. Jamais il n'oublierait. Jamais il ne regretterait. Sans doute, un jour, aurait-il d'autres moments joyeux. Peut-être même serait-il un jour heureux. Mais, à cet instant, seule sa mémoire et tous ces moments passés ensemble pouvaient lui donner le sourire. A la base, ce n'était pas censé se passer comme ça. Il n'aurait jamais dû développer ces sentiments. Ce n'était pas sa mission, loin de là.

Le temps passa si vite que l'homme eut tout juste le temps de s'habiller avant de partir au travail. Il quitta précipitamment son appartement et ferma la porte derrière lui. Mais au moment de verrouiller, il s'aperçut qu'il avait oublié une chose, la plus importante de toute. Il rouvrit la porte, se dirigea vers sa chambre et, solennellement, prit un cadre entre ses mains. Il porta ses doigts à sa bouche, les embrassa, puis vint les appliquer sur la bouche représentée sur la photo. Celle d'Eve Duval. Il sourît. Une fois ce rituel effectué, il pouvait partir l'esprit tranquille. Ce serait une bonne journée.

Le jour était arrivé. Trois mois et 18 jours après son réveil, Eve quittait l'hôpital où elle avait passé plus d'un an. Les médecins avaient effectué une série de tests durant les deux derniers jours, afin de ne rien laisser au hasard. Ils avaient été concluants. Sous une surveillance médicale assidue, Eve pouvait retourner dans la vie réelle. L'hôpital, Jennifer et la patiente elle-même avaient trouvé un accord qui contentait tout le monde : les deux jeunes femmes emménageaient ensemble. Ainsi, Jennifer serait affectée un certain temps à la surveillance d'Eve et ne serait plus dans les pattes de ses collègues. Madame Guyon avait apprécié. L'infirmière, elle, accueillait chez elle la prophétesse à laquelle elle vouait un culte éperdu. Eve, enfin, trouvait un point de chute idéal puisqu'elle aurait quelqu'un qui saurait répondre à chacune de ses attentes. Les derniers jours l'avaient confirmé : elle tenait Jennifer dans la paume de sa main. Elle n'avait même pas eu besoin de suggérer d'emménager chez elle. La chose était venue naturellement.

« Ce serait un honneur, avait exulté Jennifer. La prophétesse chez moi ! Et puis je pourrais m'occuper de toi pendant ta grossesse. Je suis infirmière après tout ». La jeune femme oscillait entre l'admiration béate et le fanatisme hystérique. Mais Eve était en mesure de la contrôler sans le moindre effort.

Avait de quitter sa chambre, elle jeta un dernier regard. C'était là que tout avait commencé. Dans cette pièce de moins de dix mètres carrés, aux rideaux jaunâtres, à la salle de bain ridiculement petite, uniquement décorée par un papier peint bleu pâle et une télévision à peine plus grande qu'une tablette tactile. Le chemin de la vérité avait commencé ici. Peut-être, sans doute, plus tard se souviendrait-on de cet endroit. Eve fit une entorse à l'humilité qu'elle essayait vainement de s'imposer et s'imagina en guide suprême de l'Humanité nouvelle. Un rêve éveillé que Jennifer vint interrompre d'une main sur l'épaule.

« Tout va bien ?, lui demanda-t-elle.

- Ça va, répondit Eve placidement, l'esprit ailleurs. Ça va, allons-y ».

Et elle tourna les talons, refusant d'admettre que la suite des événements la terrifiait. Car tout ce dont elle disposait était une liste de cinq noms.

Quelques heures plus tard, Eve découvrit l'appartement de Jennifer. Elle n'était certes pas habituée au luxe, et son ancien logement de

Guilangers en était la preuve. Mais elle devait bien reconnaître que sa jeune apprentie avait su dégoter la perle rare. Son trois-pièces était étonnamment spacieux et pratique pour quelqu'un vivant seul. Outre sa chambre décorée de reproductions de tableaux célèbres sur fond de papier peint bleu, elle disposait d'une salle de bain particulièrement grande, équipée d'une baignoire et d'un grand placard. Cerise sur le gâteau, le salon était desservi par un petit hall et disposait lui-même d'un espace considérable. Le tout devait couvrir près de 80 mètres-carrés, et la décoration, bien qu'étant loin des priorités de la vérité, était raffinée et bien pensée. Un vase par-ci, une tenture par-là, un accord des meubles et des couleurs parfait... L'espace de plusieurs minutes, Eve délaissa ses nouveaux principes et tomba sous le charme de l'appartement de Jennifer. Et malgré tous les efforts qu'elle déployait, elle ne réussit pas à masquer à son hôte le plaisir qu'elle avait à loger désormais dans un si bel endroit.

« Tu aimes ?, demanda Jennifer avec gourmandise.

- C'est spacieux, répondit placidement Eve. Et pratique. Tu as bien agencé le tout. Ça devrait faire l'affaire ».

Elle ponctua le tout d'un sourire mais les effusions en restèrent là. Pas question de remettre en cause ne serait-ce qu'une seconde l'hégémonie qu'elle exerçait sur sa jeune amie. C'était, à cet instant, son bien le plus précieux. En dehors du petit être qui grandissait en elle, évidemment.

L'installation ne prit pas bien longtemps. Jennifer insista lourdement pour dormir sur le canapé. Elle se complaisait énormément dans le rôle de la disciple et, de ce fait, était aux petits soins pour Eve. Désirait-elle un café ? Des petits gâteaux ? Voulait-elle que sa chambre soit débarrassée de tout le superflu afin de complaire à la logique minimaliste de la vérité ? Le verbe d'Eve était l'ordre de Jennifer. Et il ne fallut pas une demi-journée pour que la prophétesse mette les choses au point.

L'infirmière faisait du repassage quand elle vint la trouver.

« Assis-toi Jennifer, s'il-te-plaît.

La jeune femme arbora un faciès d'animal apeuré. De toute évidence, elle craignait la moindre remarque.

- Ne t'inquiète pas, poursuivis Eve. Chaque collocation demande des petites retouches. C'est pas grave.

Jennifer parut rassurée. Plus elle la connaissait, plus Eve lisait en elle avec une facilité déconcertante. Par bien des aspects, elle n'était rien de plus qu'une grande enfant en quête d'affection et de reconnaissance.

- Je sais que tu ne souhaites que le meilleur pour moi. Crois-moi, je m'en rends compte et je t'en suis infiniment reconnaissante. Mais tu dois vivre ta vie et cesser de la consacrer uniquement à moi. Tu veux servir la vérité et m'aider dans ma tâche, bien, j'en suis ravie. Mais n'oublie pas de penser à toi un peu. Est-ce que toi, tu veux un café ? Est-ce que toi, tu veux redécorer ta chambre ? Tu es chez toi ici, Jennifer, et ce n'est pas trahir la vérité que d'exprimer une préférence ou une envie.

Jennifer avait une fois de plus les yeux baissés, comme une petite fille que l'on vient de gronder. Sa naïveté et son manque de confiance en elle étaient aussi utiles qu'agaçants pour Eve.

- Je suis désolée, répondit timidement Jennifer, mais je me sens heureuse si tu te sens heureuse.
- Et moi je me sens le mieux si je sens que tu peux être toi-même. Je suis consciente de pouvoir compter sur toi. Mais tu ne pourrais pas être heureuse en te consacrant entièrement à moi. Tu me comprends ?
- Je crois, balbutia la jeune infirmière. Parfois, j'ai besoin de me concentrer pour comprendre tout ce que tu dis. Mais, au final, ça prend tout son sens. Il faut juste que j'y repense un peu.

- Et bien c'est excellent ! Accorde-toi quelques minutes chaque jour pour méditer sur la vérité. Et si tu as des questions, n'hésite pas à venir me voir.

Eve se sentait lasse. Le déménagement avait été éprouvant et l'heure avançait. Elle avait beaucoup de travail mais, avant, il fallait dormir.

Elle s'approcha de sa nouvelle colocataire et posa une main sur son épaule.

- Je vais me coucher maintenant, lui murmura-t-elle à l'oreille. Merci pour tout, c'est parfait. Bonne nuit.

Jennifer demeura immobile durant plusieurs secondes, bien après qu'Eve ait quitté la pièce. Elle gardait le souvenir de ce geste. Elle le chérissait.

- Bonne nuit », finit-elle par répondre, seule dans son salon.

Et en reprenant le repassage, la seule pensée qui lui venait à l'esprit était cette main posée tendrement sur son épaule, ce moment si particulier qu'elle avait si peu expérimenté. Jamais un homme ne l'avait enlacée par amour. Jamais ses parents ne la prenaient dans leurs bras. On ne voyait en elle qu'un objet de désir d'un côté, et un modèle de réussite scolaire et professionnel de l'autre. Mais Eve, elle, venait de lui offrir un geste de tendresse pour le plaisir de la remercier. Et cet instant si anodin en apparence valait, pour elle, tout l'or du monde.

« Elle est morte pour moi.

La sentence paraissait définitive, mais Chloé savait bien qu'il y avait là une bonne dose d'auto-persuasion.

- Tu ne peux pas réagir comme ça, Adam. C'est ta sœur…
- Non non. C'est pas ma sœur ça. Ça, c'est une grosse conne !
- Peut-être. Mais c'est ta grosse conne de sœur. Et elle sort de presque un an de coma. Tu ne peux pas la juger sur quelques semaines. Laisse-lui le temps.

Adam vint se placer face à sa femme, tenant fermement son verre. Elle avait toujours été une voix raisonnable, mais il devait confier sa douleur à quelqu'un.

- Je suis désolé, Chloé, mais tu ne la connais pas comme je la connais, répondit-il sèchement. Elle est tellement différente. Ce n'est plus la même personne du tout. Plus du tout !

Chloé essayait de calmer la fureur de son mari, mais elle l'avait rarement vu comme ça. Il ne s'emportait jamais sur les questions professionnelles et, jusqu'ici, sa vie familiale ne l'avait jamais autant irrité.

- Mon chéri, assieds-toi et calme-toi s'il-te-plaît. Laisse un peu de temps à Eve. Je suis persuadée qu'elle finira par redevenir normale. C'est juste une phase, un moment difficile à passer. Sois patient.

Adam ne semblait pas enclin à appliquer le conseil de Chloé. Cependant, il finit par prendre place à côté d'elle, finissant d'une lampée son verre. Sa femme l'embrassa tendrement sur le côté du crâne.

- Je sais être patient, martela-t-il. Mais si elle ne s'excuse pas, je ne veux plus entendre parler d'elle ».

En dépit des directives données la veille, Jennifer apporta à Eve son petit déjeuner au lit.

« Eve... Eve... Réveille-toi, il est déjà midi.

La prophétesse ouvrit les yeux et, prise de panique, se recroquevilla dans un coin du lit. Il lui fallut de longues secondes avant de réaliser où elle se trouvait. Depuis plus de trois mois, elle s'était réveillée dans la même pièce et, auparavant, dans la chambre blanche, le sommeil n'avait aucun effet sur elle. C'était donc tout naturellement qu'elle mit un peu de temps à remettre les choses en ordre dans son esprit.

- Excuse-moi, s'aplatit Jennifer, je suis désolée, je ne voulais pas te faire peur. C'est

> juste qu'il ne faut pas que tu dormes trop et...
> - Ça va, ça va, répondit Eve, se tenant le front. J'ai juste besoin d'un peu de temps pour m'acclimater.

Jennifer accueillit la réponse d'un large sourire. Dans ses accès de mauvaise humeur, Eve se prenait à la comparer à un animal de compagnie doté de deux émotions basique : la joie et la tristesse. En l'occurrence, la joie de rendre sa maîtresse heureuse et la tristesse de la décevoir. Elle s'en voulait de penser comme ça, mais l'image s'imposait à son esprit.

Toutes deux prirent un luxueux petit-déjeuner, composé de thé, de café, de viennoiseries, de fruits et de yaourts. Bien plus qu'il ne fallait à Eve, habituée à un régime frugal depuis sa sortie de coma. Jennifer, elle, ne masquait pas son enthousiasme. De toute évidence, partager un petit-déjeuner ne faisait pas partie de ses habitudes, ce qui en disait long sur sa vie sociale. Elle ne devait pas recevoir énormément de monde non plus, à en juger par la différence de teint entre les tasses et assiettes. Eve essayait d'être la plus analytique possible afin de ne rien laisser au hasard. Et même si Jennifer ne semblait plus présenter de secret notable pour elle, sa conscience l'obligeait à ne pas se relâcher.

> - Tu ne m'as jamais parlé de ta famille, marmonna Eve, la bouche pleine. Tu as des frères et sœurs ? Des parents proches ?

La jeune infirmière perdit toute gaieté en un instant. Nul besoin d'être la prophétesse pour voir qu'il y avait là un sujet orageux.

- Excuse-moi, rebondit Eve, navrée de son erreur. Je ne voulais pas...
- Ne t'inquiète pas. C'est juste que c'est pas vraiment l'aspect le plus heureux de ma vie. Mes parents sont vivants, s'empressa-t-elle d'ajouter, évitant la confusion, et je suis fille unique. On n'a plus de contacts, eux et moi. Et c'est un peu tout.

Eve ne voulait pas s'aventurer sur un terrain qu'elle ne maîtriserait pas. La situation lui était extraordinairement favorable, il aurait été donc idiot de risquer de la déséquilibrer. Les parents de Jennifer attendraient.

- Bon, claqua Eve, afin de marquer le changement de sujet, maintenant que nous sommes installées, nous avons du travail.

Jennifer retrouva les étoiles qui avaient quitté ses yeux.

- Ah oui ? Je peux t'aider ? S'il te plaît, laisse-moi t'aider.

Bien que convaincue de la véracité de son message et de l'importance de son statut, Eve savait garder un certain recul. Ce n'était manifestement pas le cas de son amie, profondément impliquée.

- Oui tu peux m'aider, répondit-elle, amusée, tout en se redressant. Même si j'ai déjà un peu avancé de mon côté. Alors voilà : mon but est de diffuser la vérité au monde et de laisser les gens s'y identifier. En aucun cas je ne dois forcer la main de qui que ce soit. L'Homme doit venir au message, comme tu l'as fait.

Jennifer buvait ses paroles, une fois encore. Elle hochait la tête en silence.

- Au début, j'ai pensé disperser la vérité autour de moi, puis laisser ceux qui en auraient compris l'essence la diffuser à leur tour. Un peu sur le modèle d'un arbre, tu vois ? Je serais le tronc, je passerais le message à quelques branches, qui le passerait à quelques branches, etc. C'était mon idée et toi, en quelque sorte, tu étais la première branche. Mais cette approche était mauvaise.

L'infirmière retint son souffle l'espace d'une seconde. Le raisonnement d'Eve pouvant prêter à confusion, elle s'imaginait déjà répudiée, rejetée. La prophétesse vit sa réaction et rectifia le tir. Dans un geste de tendresse qu'elle s'était pourtant juré de ne jamais exprimer, elle posa sa main sur celle de son amie.

- Excuse-moi, je me suis mal exprimée. Bien sûr, tu es et tu resteras ma plus fidèle disciple. Ce que je voulais dire, c'est que mon système en « arbre » n'est pas bon. Je suis la prophétesse, c'est à moi de transmettre le message, pas à mes disciples. Je ne dois pas fuir mes responsabilités. Je suis arrivée à cette conclusion il y a quelques temps déjà. Mais, du coup, je ne savais plus trop comment m'y prendre. Comment diffuser la vérité au plus grand nombre sans sacrifier l'authenticité du message ?

- Utilise les médias, lança Jennifer, manifestement convaincue de tenir là l'idée du siècle. Fais-toi interviewer, ou écris une tribune dans un journal. Imagine le nombre de personnes qui pourront entendre la vérité !

Une fois de plus, probablement la dixième depuis son réveil, Eve se demanda si Jennifer était naïve ou réellement stupide. Peut-être simplement trop enthousiaste pour garder les idées claires.

- Ne le prends pas mal, mais c'est une très mauvaise idée.
- Pourquoi ?, riposta vivement Jennifer, plus surprise qu'offensée.
- Et bien pour plusieurs raisons. D'abord, je veux que le message soit entendu de vive voix et que la discussion puisse être interactive. Si la personne à qui je m'adresse a des questions à me poser, je veux pouvoir y répondre. Et puis, tu as bien vu comme tu

as réagi lorsque je t'ai racontée mon expérience dans la chambre blanche. Si je donne une interview en racontant ça, on me prendra pour une folle.

Eve n'avait jamais osé raconter à Jennifer les propres doutes qu'elle avait eus quand elle s'était réveillée. Mais, de toute évidence, le monde n'était pas enclin à croire à cette histoire.

- Alors comment veux-tu faire ?

Eve se redressa un peu plus afin de souligner l'importance des mots qui allaient suivre.

- Je me suis longtemps posé la question. Et finalement, c'est venu comme ça, comme un flash : et si je n'étais pas la seule ?
- La seule quoi ?
- La seule prophétesse ! Bien sûr, je porte sans doute la vérité dans mon ventre et je suis peut-être plus importante, mais il y a sans doute d'autres personnes qui ont connu une expérience comme la mienne. Et, si c'est le cas, eux aussi pourraient prêcher la vérité. Tout ce que j'ai à faire, c'est de les rencontrer. Et là, je saurais. J'en ai déjà trouvé cinq qui pourraient correspondre.

Jennifer semblait dubitative.

- Et s'ils n'ont rien à voir avec la vérité ?
- Dans ce cas, j'aviserais. Mais en attendant, je ne vois pas de meilleure solution. Je dois

rencontrer ces personnes. Tu veux bien m'aider ?

De toute évidence, l'infirmière n'aimait pas cette idée. Eve interprétait cela comme une volonté farouche, chez elle, de croire qu'il n'y avait qu'une prophétesse et qu'elle vivait chez elle.

- Bien sûr, finit-elle par lâcher. Je ferais tout pour t'aider, je te l'ai déjà dit.
- Merci ».

Jennifer débarrassa le petit déjeuner puis montra à Eve où se trouvait son ordinateur. Les deux jeunes femmes auraient besoin de faire quelques balades sur Internet mais, contrairement à son travail à l'hôpital, Eve savait quoi chercher. Tout était maintenant une question de temps et de patience.

14

Une semaine s'était écoulée. Eve avait passé le plus clair de son temps derrière un écran, tapotant le clavier et dévorant des tonnes de témoignages plus ou moins farfelus. Le travail était fastidieux, mais la jeune femme s'y plongeait avec passion et détermination. Plus que jamais, elle avait la certitude d'être sur le bon chemin. De travailler avec vertu pour le bien commun.

Jennifer s'était accommodée de la situation. Bien sûr, elle goûtait très peu de devoir partager les bonnes grâces de la prophétesse, mais sa foi était telle que la déception s'était rapidement estompée. Elle s'était juré de servir Eve dans sa tâche et avaler quelques couleuvres devrait en faire partie. Si bien qu'elle s'était muée en assistante de recherche, chargée de trouver les coordonnées des personnes jugées intéressantes. Parfois, un coup d'œil dans l'annuaire suffisait. Il arrivait également qu'elle doive contacter l'auteur d'un témoignage via son blog. Mais la plupart du temps, une adresse mail était laissée afin d'ouvrir la discussion. Jennifer n'était donc pas débordée de travail et cela venait s'ajouter à la liste de ses frustrations.

Eve avait retrouvé sa routine. Elle se levait tard, souvent vers dix heures, déjeunait sommairement malgré les efforts de Jennifer, et prenait place devant l'ordinateur. Lorsqu'elle ne travaillait pas, l'infirmière tentait systématiquement de lancer une de ces longues discussions dont les deux femmes étaient coutumières. Mais l'ordre des choses avait changé : la priorité allait à la recherche d' « autres prophètes », même si ce terme restait tabou. Ainsi, Eve demeurait seule quel que soit le jour, et Jennifer aussi. La merveilleuse collocation imaginée par cette dernière n'était plus qu'une lointaine illusion. Et personne n'était à blâmer. Qui était-elle pour exiger plus de la prophétesse? Elle aurait voulu connaître son sentiment, avoir entendu la voix. Mais ce n'était pas le cas. Jennifer était une initiée, réduite à faire des recherches dans l'annuaire.

Parfois, Eve se décollait de l'écran et allait se poster sur le bord de la fenêtre. Dix minutes ou une heure, elle regardait passer les gens. La foule massive des inconnus, ceux qui se jettent sur le dernier téléphone ou qui se gargarisent devant leur nouvelle voiture. La plupart du temps, elle les méprisait et leur en voulait de ne pas voir clair dans la manipulation gigantesque dont ils étaient victimes. Mais à quelques occasions, il lui arrivait de les prendre en pitié. Son rôle de prophétesse la pousserait à faire la lumière sur leur propre bêtise, et elle s'en chargerait volontiers. Mais elle ne devait pas oublier la dose d'empathie nécessaire à cette tâche. Eve travaillait sur elle-même, constamment. Car elle n'oubliait pas que la personne qui l'agaçait le plus était la première et seule disciple de la vérité. C'était un constat alarmant qu'Eve mettait sur le compte de la personnalité délibérément soumise de Jennifer. Plus les jours passaient, plus la jeune infirmière se complaisait dans son rôle ingrat. Comme si elle faisait pénitence pour quelque péché. Elle aurait dû être fière, grande, épanouie par l'atteinte de la vérité. Mais à la place, elle semblait prendre particulièrement à cœur son statut de servante de la prophétesse. Par moments, c'était désespérant et il ne fallut pas dix jours pour qu'Eve manifeste son irritation de manière régulière. Jamais les rôles n'avaient été aussi clairement définis entre les deux femmes : la prophétesse et la servante.

Un vendredi, Eve céda finalement aux exigences incessantes de Jennifer : elle alla voir un obstétricien. Elle devait bien concéder que sa grossesse n'avait pas été surveillée correctement et il était donc plus que temps de s'occuper de ce problème.

Les deux femmes prirent donc le chemin de l'hôpital. Comme souvent, la mauvaise humeur d'Eve rendait l'ambiance tendue.

« Je ne devrais pas perdre du temps. J'ai du travail.

- Arrête de râler, sourît Jennifer, trop heureuse de retrouver un peu d'intimité avec son amie. C'est pour ton bien. Et pour le bien de ton enfant ! C'est très important que tu passes quelques examens. Ça ne fait pas mal.

« Comme si le problème était là... », pensa Eve, fatiguée de n'avoir pour seule compagnie qu'une jolie écervelée, aussi douée pour la compassion et la tendresse que pour les lieux communs et les stupidités.

- Je vais les faire, ces examens, pesta-t-elle. Mais on aura du boulot en rentrant. On a douze noms Jennifer ! Douze personnes à contacter et à réunir. Ce sera peut-être le point de départ de quelque chose de grand, de très grand !
- Crois-moi, je suis aussi excitée que toi, répliqua l'infirmière. Mais ce serait plus grand encore si ta grossesse se passait bien. Et si toi, tu allais bien. Alors, on va vérifier ça et on se remet au travail ».

Cette fois-ci, Eve dut s'incliner et reconnaître que Jennifer était une personne nettement moins godiche dès lors que l'on touchait à son domaine de compétence.

Comme tous les anciens patients de longue durée, Eve reçut un accueil chaleureux. Elle avait fait partie des meubles pendant plusieurs mois, après tout. Même madame Guyon, descendue de son étage, lui avait accordé la grâce d'un hochement de tête et d'un regard, honneur suprême. On complimenta beaucoup Eve pour se grossesse, elle qui ne prenait plus la peine de la dissimuler.

Définitivement, l'ambiance feutrée et diplomate de l'établissement ne lui manquaient pas outre mesure. Cet endroit resterait profondément ancré dans sa mémoire, car trop de choses fondamentales s'y étaient passées. Mais jamais elle ne prendrait le moindre plaisir à y revenir. Ces heures d'ennui, d'incertitude, de douleur, de frustration…

Les salutations cordiales effectuées, les deux jeunes femmes prirent la direction de leur rendez-vous. Sur le chemin comme dans la salle d'attente, des dizaines de paires d'yeux s'attardèrent lourdement sur elles. Et il n'était pas difficile de deviner pour quelles raisons. Deux femmes, côte à côte, l'une manifestement enceinte, l'autre radieuse… Eve s'en moquait éperdument et Jennifer n'avait pas dû remarquer qu'elles étaient le centre de l'attention. Trop heureuse de partager à nouveau un moment privilégié avec la prophétesse …

Après une demi-heure d'attente remplie d'ennui, de magazines périmés et de fades discussions, l'obstétricien daigna recevoir Eve. Déjà très modérément motivée à l'idée de ce rendez-vous, elle n'avait plus aucune patience et avait déjà menacé à plusieurs reprises de ne pas attendre une seconde de plus. Jennifer ne fut pas malheureuse de voir le médecin leur ouvrir finalement ses portes. L'homme était plutôt grand, très filiforme, et son air bonhomme était renforcé par une épaisse moustache. Il avait cet air de gentil grand-père, élégant et doux, ce qui devait être d'une aide précieuse dans son métier.

Après avoir commis l'évidente méprise de prendre les deux femmes pour un couple, il entreprit de passer une batterie d'examens, dont une échographie, qui démontrèrent que la grossesse se passait à merveille. L'ambiance de la consultation fut particulièrement froide, Eve ne cachant pas sa mauvaise volonté. Mais le médecin prit sur lui et alla même jusqu'à taquiner la jeune femme. « Allons, vous n'êtes donc pas heureuse d'être enceinte ? », lui lança-t-il. Une question qui frappa Eve droit au cœur. Non, en effet, elle ne l'était pas. Bien sûr, cette immaculée grossesse servait ses desseins à merveille mais, à proprement parler, être enceinte n'était pas une chose qui la ravissait. Elle avait besoin de toute son énergie en ce moment, et son entrée dans le deuxième trimestre se traduisait par une fatigue accrue autant que par une mobilité réduite. Elle n'aimait pas sa situation. Et cela, sans même parler de la perspective de devoir élever un enfant.

Le seul instant un tant soit peu délicat du rendez-vous fut lorsque l'obstétricien demanda à Eve depuis quand elle était enceinte. Une question à laquelle elle s'attendait grandement. Le mensonge avait été savamment élaboré. L'histoire était qu'elle avait reçu une visite romantique à l'hôpital peu de temps après son réveil et qu'en dépit des mises en garde du corps médical, elle se livra à de vifs ébats amoureux. Le calendrier semblait à peu près concorder, le médecin ne s'aventura donc pas plus avant sur ce terrain. Il se contenta de mettre fin au calvaire d'Eve en déclarant qu'au prochain rendez-vous, elle pourrait connaître le sexe de son enfant. La jeune femme réalisa qu'elle ne s'était jamais posé la question. Pour elle, il était évident qu'elle portait un garçon, sans qu'elle ne sache pourquoi.

« Et ben tu vois, ce n'était pas si terrible !, lui asséna Jennifer, restée silencieuse le plus clair de la consultation.

- Je m'en serais quand même bien passée, répondit sèchement son amie.
- En tous cas, c'était nécessaire. Tu portes un enfant miraculeux, il faut en prendre soin ».

La gentillesse et l'attention de Jennifer agaçaient Eve. Mais étant donné son état de stress, elle aurait trouvé n'importe qui et n'importe quoi énervant.

Les deux femmes parvinrent à l'entrée de l'hôpital et marquèrent une pause. Jennifer venait de croiser une collègue et échangeait les derniers potins. Eve resta debout malgré son état de fatigue avancé. Elle balaya le hall d'accueil bondé et remarqua, quelques mètres plus loin, une silhouette familière. Une étrange impression s'en dégageait. Lorsque l'homme se retourna, elle le reconnut immédiatement. Cette silhouette, elle l'avait vue aussi souvent en réalité qu'en rêve, et à chaque fois avec la même émotion. Il n'avait pas tellement changé, le doute n'était pas permis. A quelques mètres d'elle, la regardant en souriant, se trouvait Thomas.

Jennifer était toujours occupée par ses mondanités. Eve était donc livrée à elle-même tandis que resurgissait le pire spectre de la femme qu'elle était et détestait. Fuir aurait été indigne, la confrontation était inévitable. Droite comme un i, drapée dans une dignité de circonstance, elle ne fit pas un pas vers l'avant et se contenta de l'attendre.

Arrivé à sa hauteur, Thomas continuait de sourire. Il n'avait définitivement pas changé. Les cheveux mi-longs, son visage rond impeccablement rasé, une paire de lunette soulignant son côté intellectuel, une style « poète maudit » assumé, un mètre soixante-dix et pas plus de cinquante-cinq kilos. Il se posa devant Eve et sembla hésiter entre une poignée de main et une bise. Il choisit la première option.

« Bonjour, lâcha-t-il, presque timidement.

- Salut, répliqua Eve, froide et distante.

Pendant le plus clair de leur relation, Thomas avait eu une sorte d'emprise sur elle. Il parlait, constamment, et elle buvait ses paroles. Il l'hypnotisait, savant mélange de poète et de philosophe. Les circonstances avaient fait que jamais elle n'avait pu réaliser à quel point il jouait un rôle. Mais son simple « bonjour » sonnait tellement faux que cela frappa Eve.

- Je... Je suis venu te voir. Adam m'a appelé il y a quelques semaines et il m'a dit que tu étais sortie du coma. Il voulait que je vienne te voir.

Il tendit maladroitement un bouquet de fleur qu'Eve s'empressa de ne pas accepter.

- Il a eu tort, claqua Eve. Adam n'est pas particulièrement perspicace ces derniers temps.
- OK. Je vois. Mais maintenant que je suis là, tu ne veux pas aller boire un café ?

Tout, dans l'attitude de Thomas, sonnait faux. Son ton mielleux, sa voix pseudo intellectuelle, sa posture... Eve avait un livre ouvert face à elle et cela l'aurait amusé presque si ça ne la renvoyait pas à sa propre stupidité passée.

- Non, ça va, j'en ai bu un ce matin. Voilà, tu m'as vue, je vais bien. Ta conscience est tranquille.
- Attends un peu, la rattrapa Thomas. Tu ne veux pas savoir ce que je deviens ? Moi j'aimerais savoir ce que tu deviens...

Eve poussa un soupir d'exaspération. Intéressant comme les choses allaient vite. Il y a un an à peine elle se morfondait dans son appartement en rêvant aux heures passées dans les bras de la caricature vivante qui se tenait face à elle.

- OK. Alors, tu deviens quoi ?

Thomas lâcha un sourire qui se voulut charmeur, persuadé qu'il était d'avoir percé la carapace d'Eve.

- Et bien ça va pas trop mal, figure-toi. J'ai eu deux promotions consécutives et je suis passé chef de département. Je gagne vraiment bien ma vie maintenant. Tiens, j'ai même pu m'offrir cette BMW dont je rêvais. Regarde, elle est garée juste là.

Tandis qu'il tentait vainement de montrer du doigt son véhicule, Jennifer approcha et le salua poliment.

- Bonjour, je m'appelle Jennifer. Vous êtes un ami d'Eve ?
- Oui, répondit Thomas.
- Non, intercéda Eve.

Jennifer demeura interdite. La tension était palpable.

- Voilà Thomas, poursuivit la prophétesse. Tu sais, le Thomas dont je t'ai parlé.
- Ah d'accord. Ce Thomas-là.

Il n'y avait aucune chaleur dans la voix de Jennifer. Par principe, elle décida instantanément qu'elle détestait cet homme.

- Thomas me disait justement qu'il avait eu deux promotions, qu'il avait une bonne grosse paye et qu'il avait pu se payer la bagnole de ses rêves. C'est pas génial ça Jennifer ?
- Oh ben oui, dis donc, c'est fantastique, répliqua ironiquement l'infirmière.

Thomas, de son côté, commençait sérieusement à se vexer du comportement de son ancienne compagne.

- Bon, manifestement tu n'as pas vraiment envie de me voir, lâcha-t-il. Même si ce n'est pas une raison pour te moquer de moi. Je vous laisse toutes les deux, manifestement vous avez beaucoup de travail.

Il joignit le geste à la parole pour confirmer que sa dernière remarque faisait référence à la grossesse d'Eve. Celle-ci le rappela tandis qu'il prenait la direction de la sortie. Il tourna les talons et la regarda, rouge de colère.

- Attends Thomas. Il faut que je te dise quelque chose. Tu vois, pendant des années tu as été mon seul repère dans cette vie. Je te suivais partout, je t'admirais, je t'écoutais. Tu étais mon idole, mon amant, tu étais tout pour moi.

Elle marqua une pause délibérée et regarda rapidement Jennifer qui faisait mine de ne pas écouter la conversation.

- Aujourd'hui, évidemment, je suis quelqu'un de différent. J'ai des regrets, bien sûr, mais plus que tout, je suis déçue. Tout ce temps que j'ai passée seule, quand tu m'as abandonnée, je l'ai passé à penser à toi, à essayer de me souvenir de nous deux, à t'idéaliser. J'ai beaucoup changé depuis quelques mois, et honnêtement je ne pensais plus du tout à toi. Mais jamais, jamais je n'aurais cru ressentir ça en te voyant. Tu es tellement… pathétique ! Avec ta BMW, ta grosse paye, tes faux airs de philosophe, ton pauvre sourire charmeur. Tu pues le faux à dix bornes et je me dégoûte de ne pas l'avoir vu plus tôt.

Sans le vouloir n'y s'en rendre compte, Eve monta le ton jusqu'à crier sur Thomas au beau milieu du hall.

- Oh et puis, tu sais quoi ? Va-t'en, puisque c'est ce que tu allais faire. Retourne à ta parfaite petite vie, ignorant, stupide abruti que tu es. Dégage, hors de ma vue, tu ne sais rien. Tu n'es rien. Tu représentes tout ce que je méprise. Fous le camp, je ne veux plus jamais te voir ! Et dis à Adam qu'il garde ses idées à la con pour lui à l'avenir... »

Thomas avait quitté l'hôpital depuis de longues secondes quand Eve s'arrêta enfin de hurler. Tout le monde la regardait et un agent de sécurité essaya maladroitement de la calmer. Elle finit par y parvenir seule. On lui fit pourtant comprendre qu'il serait de bon ton qu'elle quitte l'établissement.

Une fois dehors, Jennifer la regarda avec un sourire en coin.

« Qu'est-ce qu'il y a ?, lui demanda Eve.

- C'était lui, le Thomas que tu aimais tant ?

Il y avait plus que de l'ironie dans sa voix : de la moquerie.

- Eh ouais, soupira Eve, il faut sans doute toucher le fond pour rebondir. Je ne pensais vraiment pas le revoir, mais je suis heureuse d'avoir pu lui dire tout ça.

Épuisée, elle s'appuya sur le bras de son infirmière d'amie tandis qu'elles prenaient la direction du parking.

- Allez, on en pense plus à lui. On a une réunion à préparer. Et je suis trop impatiente pour perdre du temps avec ce guignol. »

Les deux femmes arrivèrent finalement à leur véhicule. Mais avant d'y entrer, Eve remarqua du coin de l'œil un homme qui les observait. Il avait un air familier. Elle était même convaincue de l'avoir déjà vu quelque part.

Cela ne la perturba pas outre mesure et ses pensées se redirigèrent immédiatement sur la réunion à venir.

15

« Elle a fait quoi ?

Chloé semblait choquée. Une rareté chez elle.

- Comme je te le dis. Elle l'a couvert d'insultes au beau milieu de l'hôpital. Honnêtement, je ne suis pas plus surpris que ça.
- La pauvre, elle perd complètement la tête.

Adam et son épouse ne parlaient pas souvent d'Eve. Mais lorsque c'était le cas, le ton était inquiet voire catastrophé.

- Attends, je t'ai gardé le meilleur pour la fin. Thomas est sûr de lui : elle est enceinte.
- Quoi ?, cria Chloé, elle-même surprise par le volume de sa réaction.
- Elle serait même à plus de trois mois d'après lui. En gros, elle est tombée enceinte presque immédiatement après son réveil.
- Mais comment c'est possible ? »

Adam se renversa sur sa chaise et se frotta longuement le menton. Pour toute réponse, il haussa les épaules.

Jennifer était dans un état de stress épouvantable. Dix, quinze fois elle avait réajusté la nappe, tapoté les oreillers du canapé, vérifié si les meubles étaient bien propres... La jeune femme ne recevait jamais et cela était plus éclatant que jamais. Eve, elle, demeurait assise, les mains sur son ventre bien arrondi. L'instant était important, aussi s'efforçait-elle de rester concentrée. Elle essayait de garder à l'esprit quelques phrases chocs, afin de rester dans la droite ligne de son discours. Jennifer et elle n'arriveraient à rien seules. Mais les douze personnes qui arriveraient sous peu étaient susceptibles de grandement changer la donne.

« Assieds-toi, Jennifer, tu me donnes mal au crâne à tournoyer comme ça.

L'infirmière s'exécuta et se posta, raide, sur une chaise. Eve se demanda combien de temps elle allait tenir sans aller vomir.

La sonnette retentit. Jennifer bondit et gigota dans tous les sens, mais ne sut pas quoi faire. Eve la saisît par les épaules, la posa sur sa chaise et alla répondre. Aujourd'hui, elle ne pourrait pas compter sur son alliée.

A la porte se trouvaient trois personnes. Un septuagénaire barbu, au visage strict mais rondouillet, la salua énergiquement. Derrière lui, deux femmes plus timides passèrent le pas de la porte. La plus jeune devait avoir moins de 30 ans, et ne laissait aucun doute quant à sa foi de par le voile qu'elle portait. L'autre semblait complètement perdue, un sourire béat sur les lèvres et les yeux dans le vide. Elle avait les cheveux teints en blond peroxydé et portait d'amples vêtements colorés, dans le style hippie.

Tous entrèrent lentement dans le salon où Jennifer, au bord de l'évanouissement, les accueillit avec déférence, leur tendant un verre de jus d'orange. Eve les invita à prendre place et les premiers échanges tournèrent autour de la longueur du trajet, de la météo et de la qualité de la boisson.

Successivement, les autres invités firent leur apparition jusqu'à ce que, enfin, tous soient réunis dans le salon de Jennifer. L'espace était étroit mais personne n'osa s'en plaindre. Certains étaient plus réservés que d'autre mais, globalement, la discussion s'installa facilement.

Eve tenta de dresser un rapide portrait de ses congénères. Outre, René, Nora et Heaven, les trois premiers arrivés, la personne la plus marquante était Catherine, une femme d'une cinquantaine d'année au chignon serré. Son air particulièrement sévère et ses petites lunettes portées sur le bout du nez lui donnaient l'air d'une institutrice de la IIIe République. Sa présence dans ce groupe témoignait du sérieux de la démarche d'Eve. Jamais une femme comme celle-ci n'aurait accepté de participer à une telle réunion si celle-ci n'était pas légitime.

A ses côtés, le dénommé Hugo, étudiant d'une vingtaine d'années, brillait par sa fraîcheur et sa spontanéité. Eve se surprit même à le trouver attirant. Dans un coin de la salle, Ahmed regardait tout le monde mais ne semblait pas prendre de plaisir particulier à se trouver ici. Il devait avoir près de quarante ans mais son style vestimentaire se résumait au triptyque jogging, caquette, capuche.

Jennifer semblait s'être légèrement détendue au contact de Charly. Vêtu d'un costume-cravate, tiré à quatre épingles, il ne faisait presque pas de mystère de son attirance pour la jeune infirmière. Depuis son arrivée, il la complimentait, la relançait dans ses discussions et déballait la parfaite panoplie du dragueur invétéré. Dans ce paysage presque mystique bien qu'hétéroclite, il dénotait clairement.

Enfin, un petit groupe de cinq, en vive discussion, se partageait le canapé. Il y avait là Chantal, femme sans âge et unique noire de l'assemblée. Elle montrait pour la quatrième fois une photo de son petit dernier. A côté d'elle, Vanessa exposait à tous un teint orangé et un accent chantant qui démontrait des origines méridionales, certes, mais un bronzage tout ce qu'il y avait de plus factice. Ronan surveillait la scène timidement. Chauve, lunettes solidement fixée sur le nez, il gardait systématiquement un sourire niais au coin des lèvres. De toute évidence, l'homme ne voyait pas beaucoup de monde. Enfin, scrutant la pièce comme Eve le faisait, Romane et Sarah, deux sœurs, cultivaient un goût pour le macabre. Vêtements noirs, maquillage noir, cheveux noirs, toutes deux n'avaient pas dit un mot depuis leur arrivée, si ce n'était pour se présenter. Sarah était l'aînée mais, à les voir ainsi côte à côte, on aurait pu les prendre sans aucun problème pour des jumelles.

Les douze personnes qu'Eve avait mis si longtemps à trouver sur Internet étaient donc réunies là, dans le salon de Jennifer. Chacun était différent. Le plus jeune et le plus âgé avaient cinquante ans de différence. Une sexagénaire stricte et austère partageait la même pièce qu'un trentenaire en jogging qui ne semblait pas être sorti de l'adolescence. Une telle hétérogénéité rassurait Eve autant qu'elle l'effrayait.

La prophétesse laissa passer une vingtaine de minutes afin que chacun se sente le plus à l'aise possible. Cela ne sembla pas dérider Ahmed, Sarah, ni Romane. Mais, à tout le moins, la majorité des convives s'était trouvé des atomes crochus. Après ce laps de temps, elle se leva et se décida à prendre la parole.

« Bonjour à tous. Comme vous le savez déjà, je m'appelle Eve. Je vous ai tous invités à venir aujourd'hui car je crois que nous partageons quelque chose de très fort, de très puissant. J'ai vécu une expérience que je suis bien obligée de qualifier de métaphysique. Si vous le permettez, je vais vous la raconter.

Très sollicitée par le stress et la station debout, Eve prit une chaise et entama son récit. Le plus scrupuleusement du monde, elle essaya de n'omettre aucun détail. L'accident, le réveil dans la chambre, ses doutes au premier abord, la voix, la vérité, l'absence de temps, de fatigue et de faim, le réveil... A ce stade de son récit, Eve marqua une pause afin de reprendre son souffle. La grossesse avait des effets désastreux sur sa forme physique.

- Quand j'ai ouvert les yeux, poursuivit-elle, galvanisée par les regards captivés face à elle, tout me semblait différent, mais je doutais. Je me demandais si je n'avais pas été victime d'une expérience étrange ou si je n'avais pas simplement rêvé. Comme beaucoup l'auraient fait, j'ai tenté de rationaliser tout ça. Je refusais de croire qu'une voix m'était apparue pour faire de moi la prophétesse d'une vérité même si, honnêtement, je trouvais cette vérité très séduisante. J'ai passé des jours, des semaines à me demander ce qui m'était arrivé. Avant finalement de céder face à l'évidence : tout ceci s'est réellement passé.

Quelques personnes, Ahmed et Catherine en tête, ne cachaient pas leur manque de conviction face au récit d'Eve. D'autres en revanche, semblaient subjugués.

- Et qu'est-ce qui t'a convaincu ?, demanda poliment Chantal.

Eve sourit en son for intérieur. Elle espérait cette question. Elle jeta un regard vers Jennifer.

- Et bien tout d'abord, j'ai écarté la possibilité que tout ceci se soit passé dans mon esprit. La voix m'a apporté des éléments dont je ne disposais pas. Des idées auxquelles je n'avais jamais pensé. Il y avait forcément une intervention extérieure là-dedans. Qu'elle vienne de la voix ou d'une personne ayant décidé de faire de moi son cobaye. Cela me paraissait être une déduction assez évidente.
- Et alors, pourquoi pas une expérience ?, lança de manière particulièrement agressive Ahmed.
- Pour ça, riposta vivement Eve, en pointant du doigt son ventre.

L'assistance demeura circonspecte, et pour cause. La prophétesse ménagea son effet quelques secondes et finit par porter l'estoc.

- Vous connaissez désormais Jennifer, dit-elle en pointant son amie du doigt. Jennifer n'a pas vécu d'expérience métaphysique comme certains d'entre nous. En fait, elle était mon infirmière lorsque je suis sortie du coma. Avec le temps, nous avons sympathisé et, depuis, elle m'aide dans mon projet. Mais le plus important, ici, est que Jennifer peut certifier ici que je suis tombée enceinte *avant* mon réveil.

- Oui, c'est vrai, se sentit le besoin de confirmer l'intéressée.
- J'ai alors repensé à tout ce qui s'était passé dans la chambre blanche, poursuivit Eve. Les idées que l'on m'avait inculqué, le cadre dans lequel j'ai évolué, la menace : « si tu échoues à devenir ma prophète, tu mourras » et surtout, surtout, la dernière phrase que m'a dite la voix : « Prends ceci en cadeau », juste avant mon réveil. C'était cohérent. Vous comprenez ? Ça avait du sens ! Les médecins m'ont informée de ma grossesse quelques semaines à peine après mon réveil et, évidemment, je n'ai pas eu de relations sexuelles entre temps. Voilà, Chantal, Ahmed, pourquoi je crois en l'existence de la chambre blanche. Voilà pourquoi je sais que je suis une prophétesse de la vérité, même si je ne crois pas être la seule.

Elle joignit sa dernière phrase d'un mouvement de la main englobant toute la salle. Elle souhaitait tellement créer une communauté qui, comme elle, pourrait répandre la vérité à travers la société. Il fallait que ce vœu se réalise, il fallait que son envie soit communicative. Mais les visages qu'elle avait face à elle ne laissaient rien transparaître.

- N'empêche que c'est possible que tout ça ait été une expérience et qu'ils t'aient inséminée pendant ton coma, riposta Ahmed, toujours aussi suspicieux.

- Je ne dis pas que c'est impossible, répondit Eve le plus posément possible. Mais je crois qu'il y a trop de coïncidences pour que ce soit le cas. C'est pourquoi j'ai choisi de croire en l'autre version. Et je continue d'y croire aujourd'hui.

La réunion prenait une tournure imprévue. Trop de doutes subsistaient. Eve choisit donc la diversion.

- Mais plutôt que de m'attarder trop sur mon cas personnel, pourquoi ne pas, chacun votre tour, raconter ce qui vous est arrivé ? Après tout, si vous êtes ici, c'est que vous avez vécu une expérience particulière. Qui veut se lancer ?

A sa très grande surprise, Eve se trouva face à des invités totalement passifs et silencieux. Elle laissa dix, quinze, vingt secondes s'écouler, et personne ne daigna prononcer un mot. Tous les regards restaient portés sur elle.

- Quelque chose m'échappe, finit par lâcher Catherine. Vous êtes restée dans cet hôpital tout le temps entre votre réveil et l'annonce de votre grossesse. Les médecins ne se sont pas posé de question quant à l'origine de ce bébé ?

- Si, bien sûr. Mais je leur ai raconté qu'un ami personnel était venu me voir et que nous en avions profité.
- Mais si une telle chose est possible, poursuivit la vieille femme, toujours aussi pincée, pourquoi exclure si volontiers le fait que vous ayez pu être inséminée à votre insu ?
- C'est vrai ça, lança Charly, pourtant moins concerné par la conversation que par le décolleté de Jennifer.
- Je l'exclus par foi, finit par admettre Eve. Tout me paraissait impossible à ce stade. J'ai donc choisi de croire plutôt que de rationaliser. Mais c'est ce que vous avez tous fait, non ?

Là encore, Eve eut le sentiment de se trouver seule contre tous. Tout juste pouvait elle compter sur le soutien de tous ceux qui n'avaient pas encore pris la parole.

- Mais enfin, poursuivit-elle, désespérée, nous ne sommes pas ici pour se juger, mais pour partager nos expériences. Je voulais créer un groupe soudé, capable d'apporter un éclairage nouveau sur le monde. Vous êtes venus uniquement pour détruire ma croyance ?

- Là n'est pas la question, ma chère, répondit posément René, muet jusqu'ici. Voyez-vous, j'ai déjà eu l'occasion de rencontrer Catherine, ainsi que Romane et Sarah. Nous avons partagé nos expériences. Et, croyez-moi, elles sont bien plus convaincantes que la vôtre.
- C'est un euphémisme, appuya Catherine.
- Personnellement, j'ai l'impression de perdre mon temps, claqua Sarah, soutenue d'un grognement par sa jeune sœur.

Eve sentait un frisson lui parcourir l'échine. Elle avait passé des semaines, des mois à préparer cette réunion et le tout prenait la tournure d'un procès en sorcellerie.

- Le prends pas mal, tempéra Ahmed. Moi, franchement, je crois que tu as été victime d'une expérience du gouvernement. C'est mon opinion, elle ne concerne que moi. Ton histoire de voix et de vérité, je suis pas sûr.

Jennifer, qui avait pris le parti de ne rien dire durant l'ensemble de la réunion, vint enlacer Eve qui fondait en larmes. Dans un coin de la pièce, assise en tailleur, Heaven rigolait seule en s'allumant un joint. La scène était irréelle.

- Allons, on est entre personnes civilisées, non ?, s'interposa Nora, elle aussi prenant la parole pour la première fois. Qu'on mette en doute l'histoire d'Eve est une chose. Mais on pourrait au moins la laisser défendre son point de vue. Eve, dis-moi, cette philosophie dont parlait la voix, cette... vérité, elle tournait autour de quoi ?

Eve attendit quelques secondes afin de reprendre le fil de ses idées. Elle sentait bien que chaque mot pourrait se retourner contre elle, mais au point où elle en était...

Calmement, elle reprit sa posture didactique et se lança dans une tentative désespérée.

- La base de la vérité repose sur le rejet des frivolités et du superflu. L'être humain est plus heureux lorsqu'il se reconcentre sur lui-même plutôt que sur ses possessions ou sa façon de s'habiller. C'est la quintessence du message, mais ce n'est pas tout.
- J'espère, ricana Charly.
- La vérité, poursuivit Eve, prône un retour à un rythme plus naturel. Les gens vont trop vite aujourd'hui, et Internet en est une des principales raisons. La vérité veut que l'Homme se retrouve sur des valeurs universelles. Le temps en est une.

Eve marqua une pause pour prendre sa respiration. Son cœur battait la chamade et elle était incapable de réfléchir. Sa philosophie se débitait seule, comme un discours bien rôdé, les mots sortant machinalement.

Jennifer lui passa une main réconfortante sur l'épaule, mais cela n'apporta aucun soutien et acheva d'irriter l'auditoire. Romane et Sarah, en particulier, menaçaient de quitter la réunion sur le champ si rien de plus convaincant n'apparaissait.

- Vous n'allez sans doute pas aimer la suite, murmura Eve, dépitée. Pour vous, j'imagine, comme pour beaucoup d'autres, il y a des barrières à lever, des idées convenues qu'il faut briser…
- Venez-en au fait, la coupa sèchement Catherine, elle aussi à bout de patience.
- Les rôles respectifs. L'organisation bien huilée de la société. Il y a de nombreux cas où l'égalité ne doit pas être exhaustive. Dans certains cas, l'homme et la femme ne doivent pas se voir ouvrir les mêmes opportunités. De même qu'il faut bien reconnaître que les juifs détiennent une majorité du pouvoir financier mondial et que les musulmans représentent un danger potentiel. Tout ceci doit être pris en compte pour le plus grand nombre. La sécurité se doit d'être préventive, tout comme la répartition des tâches sociales.

Eve avait déblatéré son dernier argumentaire le plus rapidement possible, de peur d'être coupée. Ces idées n'avaient pas vocation à être exposées aussi rapidement, mais à être expliquée lentement. C'est une des raisons qui faisait qu'elle avait besoin de renforts, de plus de voix susceptibles de convaincre.

Un silence religieux régna dans la salle. Ce qui était assez éloquent, en soi. Pétrifiée, Jennifer balayait nerveusement l'assemblée, sans trouver la moindre réaction. Plusieurs secondes passèrent ainsi, certains regardant leurs chaussures, d'autres observant les voitures par la fenêtre.

- Dis-moi une chose, finit par dire Nora. Pourquoi m'avoir invitée si je représente un danger ?
- J'aurais peut-être dû préciser que je suis juif ?, souligna malicieusement René.
- Et moi que je suis une femme, ricana Romane, plus sarcastique que jamais.
- En fait, plaisanta Ahmed, la voix que tu as entendu, c'est celle de Le Pen, non ?

La pièce s'emplit d'un brouhaha qui ajouta du vacarme à la confusion. Eve bougeait ses yeux de droite à gauche, bafouillait un mot ou deux, sans parvenir à calmer ses invités. Dans un effort désespéré, elle bafouilla de lamentables regrets.

- Mais je n'ai jamais dit que...

- Ah non, pas de ça, s'indigna Ronan, qui avait gardé le silence jusque-là. Vos propos sont absolument révoltants, madame ! Et je ne pense pas être la seule personne choquée ici.
- Pour être honnête, moi je suis plus amusée qu'autre chose, marmonna Vanessa, totalement désintéressée de la conversation.

Les deux sœurs se contentèrent de se lever et de prendre lentement la direction de la sortie.

- Merci pour le verre et pour la perte de temps, lâcha Sarah.

Eve perdait la tête. Tout ce travail, tout cet espoir, toute cette ambition ! Face à elle, Catherine la jugeait, les yeux plongés dans les siens, Ahmed marmonnait dans son coin, René la regardait de manière condescendante et Ronan était sorti de sa réserve pour l'inonder de sa colère. En quête de repères et de réconfort, Eve tourna la tête vers Jennifer mais ne trouva qu'une jeune femme effrayée et tout aussi perdue qu'elle.

Son regard se porta alors sur Nora. La jeune femme voilée la toisait de toutes ses convictions et Eve n'avait d'autre choix que de se sentir plus bas que terre. Elle venait d'insulter cette personne, en tant que femme et en tant que croyante. Son message, face à l'urgence, avait été réduit à un ramassis d'horreurs débitées sans conviction ni explication. Elle avait tout simplement raté le moment le plus important de sa vie. Et le regard que Nora lui jetait ne mentait pas : toute cette réunion n'était qu'un gigantesque malentendu. Chacun s'était trompé et n'avait pas trouvé ce qu'il était venu chercher. Rester une minute de plus n'aurait pas eu de sens.

Ainsi, lentement mais sûrement, tous les protagonistes de cette pathétique réunion prirent congés. Jennifer essaya tant bien que mal de les remercier d'être venus, mais son hospitalité était sans conviction. Lorsque la porte se referma derrière le dernier partant, elle retourna auprès d'Eve. Celle-ci était toujours assise sur sa chaise, les yeux embués et rivés sur le sol. Jennifer essaya une fois, deux fois de la faire réagir, mais ce fut en vain. Il faudrait du temps, beaucoup de temps pour que la déception soit digérée...

L'homme réajusta ses lunettes de soleil à l'aide du rétroviseur central de sa voiture. Depuis une heure et demie, il attendait, mais rien ne bougeait. Qu'à cela ne tienne, sa patience était sans limite. Il n'avait besoin ni de mots croisés, ni de radio. Son seul esprit lui permettait de s'occuper pendant des heures. Il l'avait déjà fait et le referait à l'occasion si cela en valait la peine. Et elle en valait la peine.

La porte de l'immeuble s'ouvrit et deux femmes en sortirent. Il les reconnut comme appartenant au flot de personnes qui étaient entrées quelques heures plus tôt. Peu de temps après elles, les autres membres du groupe firent à leur tour leur apparition. Qui étaient-ils ? Pourquoi avaient-ils passé autant de temps ici ?

Bien décidé à ne pas en rester là, l'homme décida de suivre celui qui portait un jogging et un sweat à capuche. Son choix se fit d'autant plus rapidement que la démarche de sa cible était suspecte. Le fait de pister une personne à l'allure agressive, au look banlieusard et aux origines maghrébines serait facilement justifiable auprès de son supérieur. Et si d'aventure un policier l'arrêtait, il n'aurait qu'à montrer sa carte et pointer le doigt. Tout se passerait bien …

16

Le doute. Moins puissant que les émotions absolues, mais dévastateur quand on repose sa vie sur une foi. Comme Eve le faisait depuis des mois.

Trois jours étaient passé depuis la terrible réunion. Elle n'avait pas dit un mot et à peine mangé. Jennifer désespérait de la faire sortir de sa chambre, mais rien n'y faisait. Eve demeurait murée dans son silence et dans des réflexions aussi intenses que stériles. Le doute...

Ce matin-là, elle avait empoigné son téléphone et composé le numéro d'Adam. Mais elle ne pressa pas le bouton. Plus que jamais, il lui fallait des repères, des certitudes, et les siennes concernant la vérité s'étaient effondrées comme un château de cartes. Elle avait conscience, désormais, d'avoir été odieuse avec son frère, et c'était sans doute ce qui la retenait. La honte. Le doute. Tout était figé et tournait à la fois.

Trois petits coups sur la porte. Sans attendre de réponse, Jennifer passa la tête et proposa un peu de thé.

« Ça va, répondit placidement Eve.
- Mais ça te ferait du bien, tu sais, minauda l'infirmière. Tu es enceinte, tu dois te nourrir, avaler quelque chose.

- J'ai dit que ça allait, Jennifer, alors laisse-moi tranquille maintenant ! »

Le ton s'était fait froid et cassant. La jeune femme s'exécuta et referma soigneusement la porte derrière elle. Sa patience ne semblait pas connaître de limite. Mais s'il y en avait une, Eve s'en rapprochait un peu plus chaque heure.

Avait-elle vraiment vécu dans la chambre blanche ? La voix lui avait-elle vraiment parlé ? Le plus curieux dans tout cela était que les thèses prônées par la vérité ne lui avaient jamais parues choquantes. Même là, au plus fort de sa période de doute, alors même qu'elle remettait en cause l'existence même de la chambre blanche, la vérité avait du sens pour elle. Toute la vérité. Eve était intimement convaincue que, correctement prêchée et appliquée, elle pouvait constituer une voie vers le bonheur des Hommes. La prophétesse aurait donc pu s'en tenir à cela, aller de l'avant, tenter de trouver plus de disciples comme Jennifer. Mais, par son besoin de connaître la vérité sur son expérience, Eve désirait être légitime. Son message n'avait aucune valeur si elle-même ne l'avait pas reçu d'une puissance supérieure. C'était impératif.

Eve ouvrit les yeux. Il était minuit et demi. Depuis sa traumatisante réunion, son rythme de vie était chamboulé, des horaires de sommeil au menu de ses maigres repas. Cela faisait désormais une semaine, et le doute ne l'avait pas quittée. Elle y pensait, encore et encore, sans jamais trouver de solution. Il paraissait évident qu'en l'absence d'élément nouveau, il lui serait impossible de savoir réellement ce qui lui était arrivé.

Son ventre gargouilla si fort qu'il lui arracha un râle de douleur. Manger. Quelque chose. Avec toutes les difficultés inhérentes à sa condition, Eve se leva et partit en quête d'un casse-croûte nocturne. Cinq minutes plus tard, elle eut le sentiment que jamais deux tranches de pain et un peu de beurre ne l'avaient autant comblée. Détendue et légèrement rassasiée, elle entreprit d'aller regarder la télévision dans le salon.

Une pâle lumière éclairait l'interstice sous la porte. A minuit et demi ? Eve poussa doucement la porte et vit Jennifer, à moitié endormie, allongée sur le côté, regardant mollement l'écran.

« Tu ne dors pas ?, demanda Eve, faisant sursauter sa disciple.

- Tu m'as fait peur, répondit l'infirmière en se frottant les yeux. Non, j'ai du mal à trouver le sommeil ces jours-ci. Comment tu vas ?
- Un peu comme toi…
- Tu veux que je te prépare quelque chose à manger ?, demanda soudain Jennifer, reprenant conscience de son rôle dans cette relation.

Incertaine de sa position, elle se leva comme pour accentuer le fait qu'elle était aux ordres.

- Non, non, tout va bien, je vais juste m'asseoir un peu.

Les deux jeunes femmes prirent place sur le canapé, chacune à une extrémité. Jennifer semblait mal à l'aise. Elles n'avaient pas partagé beaucoup de moments d'intimité depuis qu'elles vivaient ensemble. Tout juste un ou deux petits déjeuners, un film à l'occasion. Mais Eve avait passé l'essentiel de son temps à préparer sa réunion, à la grande frustration de son amie.

- Tu regardes quoi ?, demanda la première.
- « Titanic », répondit Jennifer, un peu honteusement. Je sais, c'est fleur bleue, mais ce film, il me réconforte. Tu arrives juste au début, si ça t'intéresse...

Eve se contenta de grogner et essaya de se concentrer sur l'intrigue. Curieusement, elle n'avait jamais vu ce film.

La première demi-heure passa dans le silence complet. Jennifer avait toutes les peines du monde à se détendre, tandis qu'Eve était plongée dans l'histoire, débarrassée pour un temps de ses tourments.

- C'est quand même bien fichu, lâcha-t-elle après une scène particulièrement esthétique.
- Ah ça c'est sûr, rétorqua naturellement Jennifer. Et Léo est tellement beau... »

Eve étouffa un petit rire complice. Quelque chose qui ressemblait à un acquiescement tacite. Pour la première fois depuis leur rencontre, les deux femmes étaient sur le même plan, à égalité, vautrées dans un canapé devant la télévision. Comme deux amies normales.

La longueur du film n'intima le sommeil à aucune des spectatrices. Captivées et émues, elles échangeaient, çà et là, des remarques sur la beauté des images et la profondeur de l'acteur principal. Parfois l'inverse. Un vrai moment de complicité s'était créé et l'intensité montante du film renforçait ce lien. Kate Winslet criait, elles criaient avec elle. Le bateau coulait, elles sombraient elles aussi. L'orchestre poursuivait, elles pleuraient de plus belle. Le tout jusqu'au final, apogée de romantisme à l'eau de rose, sur fond de « si tu meurs, je meurs avec toi ». Eve et Jennifer étaient totalement bouleversées, si bien que, sans s'en rendre compte, elles abordèrent les quinze dernières minutes main dans la main.

L'infirmière ne sut plus sur quel pied danser. Elle était totalement sous l'influence de sa prophétesse, mais au plus profond de son être, elle souhaitait être plus que cela. Qu'on la juge présomptueuse, ça lui était égal. Depuis des mois, elle avait fait preuve d'une loyauté à toute épreuve à l'égard d'Eve et, aujourd'hui, elle espérait récolter les fruits de cette proximité en vivant des instants privilégiés avec son amie. Comme cette séance de nuit, achevée main dans la main, les yeux embués.

Le générique de fin vint mettre un terme aux trois heures les plus intimes jamais partagées entre les deux femmes. Eve n'avait aucun mal à admettre en son for intérieur que cela lui avait fait un bien fou. Être normale quelques heures, redevenir une simple femme et passer un agréable moment, cela lui avait manqué douloureusement.

Après un long bâillement, elle se tourna vers Jennifer et lui annonça mollement son intention de retourner se coucher. Sa jeune compère la regarda intensément quelques secondes, si bien qu'Eve se demanda si elle ne faisait pas une sorte de malaise.

« J'ai passé une super soirée, tu sais, confessa Jennifer, les joues empourprées.

- Moi aussi, balbutia Eve, troublée par l'attitude de sa disciple.

Celle-ci continuait de la regarder bizarrement et la situation devint quelque peu angoissante. Prise de court, elle n'osait pas bouger et se contentait d'attendre que Jennifer fasse le premier mouvement.

Soudain, cette dernière se pencha vers Eve et, avec une détermination presque brutale, l'embrassa fougueusement. Prise par surprise, son amie mit deux bonnes secondes à se dégager. Par réflexe, elle s'essuya la bouche avec le revers de sa manche de pyjama. Jennifer, elle, s'était réfugiée à l'autre bout du canapé, tremblante, le regard effrayé. Eve gardait les mains et la bouche ouvertes, dans une position d'indignation surjouée.

- Putain, tu fais quoi là ?
- Je... Je sais pas, murmura la jeune femme.
- Tu viens de m'embrasser, là, je te signale ! Qu'est-ce qui te fait croire que je suis gouine ?
- Je sais pas.

La voix de Jennifer était morte, inaudible. Elle semblait traumatisée par son propre geste.

- T'es une malade, continua de hurler Eve, folle de rage. Est-ce que je t'ai donné l'impression que j'avais envie de *ça* ? Plus jamais, tu recommences OK ? Jamais ! »

Remplie d'une colère disproportionnée, Eve retourna dans sa chambre, non sans prendre soin de verrouiller sa porte à clé. L'infirmière, elle, demeura prostrée, les genoux ramenés sur sa poitrine, se balançant d'avant en arrière. L'esprit vide, elle se trouva incapable de sortir de sa léthargie. Et ce ne fut que plusieurs heures plus tard qu'enfin, elle alla se coucher à son tour.

L'homme était assis sur son canapé, un verre d'eau à la main. Il n'avait pas encore pris le soin de se laver, ni même d'ôter ses vêtements. Un sourire satisfait au coin des lèvres, il regardait attentivement une chaîne d'informations en continu. La nouvelle n'allait pas tarder à être relayée dans l'ensemble des médias. En espérant que son message passerait bien.

Au fond de lui, il voulait être patient, mais ses mains tremblaient et son verre menaçait de déborder d'un moment à l'autre. Son front était couvert de sueur et, en dépit de la chaleur, il ne voulait pas enlever sa veste. Pour rien au monde il n'aurait quitté la télévision des yeux. Un reportage sur le tourisme en Tunisie meublait les quinze minutes séparant les éditions répétitives.

Soudain, la voix off se tut et le visage grave d'une présentatrice tirée à quatre épingles fit son apparition. Le sang de l'homme ne fit qu'un tour.

« Mesdames et messieurs, nous interrompons nos programmes en raison d'une nouvelle qui vient à l'instant de nous parvenir ».

« Enfin », murmura l'homme dans la solitude de son appartement.

« Le corps d'un homme vient d'être retrouvé sans vie dans une casse automobile de la banlieue sud de Toulouse. Il s'agit d'Ahmed Wahib, un animateur socioculturel du quartier Saint-Michel de la ville rose. La victime semblerait avoir été battue à mort. Wahib était connu des services de police en raison d'un passif de trafic de stupéfiant. Une activité qui lui avait valu de passer deux ans dans le coma et d'en sortir convaincu de détenir un message spirituel. Après avoir tenté à plusieurs reprises de créer un culte, Wahib avait fini par cesser ses activités illégales... »

Satisfait, presque vidé de toute énergie et arborant un sourire niais, l'homme se rejeta en arrière. Il laissa échapper un petit rire extatique et but une longue gorgée d'eau. « Ils la laisseront tranquille maintenant », pensa-t-il, alors qu'il se levait pour aller laver les tâches de sang qui maculaient ses mains et ses vêtements.

Recluse au fond de son lit, Eve ne parvenait pas à trouver le sommeil. Comme sa vie prenait une direction étrange ! D'abord son expérience métaphysique, puis son éveil à la vérité. La rencontre avec Jennifer, la réunion désastreuse, le doute... Et voilà que celle avec qui elle habitait, sa confidente, sa disciple, ce qu'elle avait de plus proche d'une amie, l'avait embrassée. Et avec passion ! Impossible de plaider l'accident, Jennifer avait agi délibérément et Eve ne voyait pas comment on pouvait interpréter ce geste autrement que de manière romantique.

Elle regarda autour d'elle et sentit un immense dégoût pour cette chambre. Trop longtemps, elle était restée cloîtrée ici, à ruminer ses doutes, sa faiblesse et sa tristesse. La vérité n'était-elle pas censée apporter le bonheur aux Hommes ? Et pourquoi pas à elle la première, après tout ?

Agacée par les fulgurances de son cerveau, fatiguée par le cadre de cette chambre dont elle ne supportait plus jusqu'aux dimensions, Eve se leva d'un bond, enfila les premières affaires qu'elle trouva, et ouvrit prudemment sa porte. Sur la pointe des pieds, elle passa la tête dans le salon et le découvrit vide. Jennifer avait fini par rejoindre sa chambre. Sautant sur l'occasion, Eve enfila ses chaussures et sortit rapidement de l'appartement.

Le soleil posait ses premiers rayons sur les toits, et la lumière aveugla Eve. Depuis combien de temps n'était-elle pas sortie de son propre chef, sans Jennifer ou tout autre infirmier pour lui tenir la main ? Ses jambes engourdies et ankylosées lui rappelaient qu'elle était enceinte, certes, mais aussi toujours convalescente. Rien de comparable avec son état précédent, mais il lui restait du chemin à parcourir.

La jeune femme posa sa main sur son front en guise de visière, et regarda de chaque côté de la rue. Celle-ci n'avait rien d'exceptionnel, une simple route avec quelques immeubles et des petites maisons de ville mitoyennes. Les couleurs étaient absentes. Du gris, un peu de blanc et, de ci, de là, de rares briques rouges. Des voitures beaucoup trop fatiguées bordaient les trottoirs où les passants traînaient leur misère en même temps que leurs sacs de courses. Le quartier était pauvre, délabré. Eve n'en avait jamais pris conscience, obnubilée qu'elle était par sa mission. Elle n'aurait su dire si elle était toujours à Toulouse ou à 25 kilomètres. Mais cette rue misérable, ce quartier froid et dur étaient ce qu'Eve avait vu de plus beau depuis des mois. Le monde, la vraie vie !

Essoufflée avant même d'avoir fait un pas, la jeune femme s'assit sur le pas de la porte et se prit la tête à deux mains. Quelle idiote elle avait été ! Boursouflée d'arrogance, enfermée dans ses certitudes, elle s'était coupée du monde et devait bien se rendre à l'évidence : elle n'en avait qu'une connaissance très vague. Comment diable mener l'Humanité vers la vérité si on ne sait pas ce qu'il se passe en bas de chez soi ? C'était d'un tel ridicule qu'Eve dut réprimer un éclat de rire. Rétrospectivement, son attitude avait été d'une telle bêtise qu'une paire de claques aurait été la réponse appropriée. Adam avait souhaité la lui administrer, elle l'avait senti. Mais son frère était un homme trop droit, trop respectueux des conventions pour s'abaisser à gifler la gamine puérile et arrogante qu'elle avait été.

Le passage des éboueurs tira Eve de ses pensées. « Ils pourraient aussi bien m'embarquer », se dit-elle en se levant pesamment. Cette non-balade l'avait épuisée. Sans penser au manque de sommeil, Eve se força à faire un bilan de ses réflexions. Elle avait pris son rôle de prophétesse avec fierté, quand l'humilité aurait été plus appropriée. Jennifer, la seule personne à l'avoir crue et écoutée en dépit des circonstances, n'avait reçu que mépris et dédain de sa part. Et Adam, son propre frère, avait toujours été là pour elle. Mais Eve l'avait rejeté, sans égard. La moindre des choses serait, pour elle, de leur tendre la main.

Et puis, il y avait le doute. Au fond d'elle, la vérité était toujours présente. Sa conviction restait la même, mais il lui fallait faire preuve de plus d'intelligence. Et partager ses questions avec les deux seules personnes vers qui elle pouvait se tourner. Conjuguer la vérité avec une certaine ouverture d'esprit, voilà qui était une résolution sage.

Satisfaite de cet état des lieux, Eve reprit le chemin du logement de Jennifer. Mais, au moment de se retourner, son regard accrocha quelque chose. Elle n'aurait su dire quoi, aussi fit-elle deux pas en avant pour observer toute la rue attentivement. Rien ne bougeait. Rien n'avait changé. Peut-être avait-elle rêvé... Elle recula d'un mètre pour chercher la porte, les pieds mal assurés et la main tâtonnante.

Soudain, une voiture, garée sur le trottoir face à elle, démarra en trombe et s'éloigna à grande vitesse. Eve, prise de surprise, n'avait pas pensé à regarder la tête du chauffeur. Par réflexe, elle n'avait pu que jeter un œil sur la plaque d'immatriculation. Une plaque très particulière...

Lorsqu'elle rentra finalement chez Jennifer, Eve était confuse. Très clairement, cette voiture fuyant précipitamment avait un rapport avec elle. Le chauffeur devait l'espionner et, voyant qu'elle suspectait quelque chose, avait pris la fuite. Qui pouvait bien s'intéresser à elle ? Elle n'avait pas crié sur tous les toits son statut de prophétesse et, en dehors de cela, elle n'avait rien d'intéressant. Pourquoi donc quelqu'un prenait la peine de la surveiller ?

« Bonjour.

Eve sursauta et laissa échapper un petit cri de surprise. Jennifer n'avait pas parlé très fort, mais il fallut quelques secondes pour que sa comparse retrouve son souffle, la main sur la poitrine.

- Bonjour, lâcha Eve. Tu m'as fait une de ces peurs !

- Désolée...

Jennifer ne masquait pas son embarras. Ses traits tirés trahissaient une nuit très courte, probablement passée à réfléchir à son geste. Dans une posture honteuse, semblable à celle d'une petite fille prise la main dans le pot à confiture, elle n'osait pas regarder Eve dans les yeux et s'appuyait contre le mur, les mains jointes dans le dos. Toutes deux lâchèrent successivement un bâillement qui leur fit échanger un sourire. Elles s'étaient couchées particulièrement tard et le soleil venait à peine de se lever.

Devant la pesanteur de l'atmosphère et se rappelant ses résolutions précédentes, Eve rompit la glace la première.

- Je vais faire du café. Tu en veux ?, s'efforça-t-elle de dire avec un maximum d'enthousiasme.
- Je veux bien oui, s'entendit-elle répondre dans un souffle.

Quelques minutes plus tard, les deux femmes étaient assises face à face dans la petite cuisine. C'était la première fois qu'elles prenaient un repas ensemble dans cette pièce, ne fût-ce qu'un café. Eve continuait de montrer un maximum de signes de chaleur, mais Jennifer demeurait prostrée, se berçant d'un léger balancement d'avant en arrière, les yeux rivés sur le sol. De toute évidence, elle gardait un certain traumatisme de l'épisode de la nuit et Eve, consciente de cela, devait s'aventurer sur un terrain délicat.

- Tu n'as pas beaucoup dormi, on dirait, hasarda-t-elle.

Jennifer répondit en secouant la tête.

- Bois ton café, il va être froid.

Aucune réponse. L'infirmière était dans un état de traumatisme inquiétant. Eve devait crever l'abcès sous risque d'être confrontée à un problème insoluble.

Dans un raclement de gorge, elle se réinstalla de manière plus sérieuse et se pencha légèrement sur son amie.

- Je veux parler de ce qu'il s'est passé cette nuit, lança-t-elle brutalement.

Jennifer parut recevoir un petit choc. Elle leva des yeux rouges et embués vers Eve. Son regard était effrayé et sa tête se secouait rapidement de gauche à droite. Non, elle, Jennifer, ne voulait pas en parler. Mais il le fallait et Eve était résolue à ne pas lui laisser le choix.

- Jennifer, tu m'as embrassée, d'accord ? On a passé un bon moment devant le film toutes les deux, je n'étais pas forcément dans mon assiette et, je sais pas, peut-être que je t'ai laissée apparaître des signes involontaires. Mais le fait est que tu m'as embrassée.

Elle laissa passer un instant. Jennifer, elle, n'esquissait pas un mouvement.

- Et je t'ai repoussée. Je t'ai repoussée car je ne suis pas homosexuelle. Pas parce que je ne t'aime pas. Pas parce que je ne trouve pas attirante. Je ne suis pas homosexuelle, c'est tout. Mais j'ai été méchante avec toi. Je n'aurais pas dû te dire toutes ces choses. J'étais sous le choc, en colère, mais pas contre toi.

Elle tendit la main et attrapa celle de Jennifer. Celle-ci leva les yeux vers elle, surprise.

- Je suis désolée, lâcha Eve. Je n'aurais pas dû te parler comme ça. Tu ne le méritais pas. Et je suis désolée parce que je ne suis pas homosexuelle.

- Moi non plus.

Le murmure de Jennifer était quasiment imperceptible. Mais Eve l'avait bien compris. Sa stupeur lui fit lâcher la main de son amie et elle recula sur son siège.

- Je ne suis pas lesbienne, souffla Jennifer à nouveau.
- Mais…, balbutia Eve, interloquée. Mais tu m'as embrassée.
- Je sais. Mais je sais pas pourquoi. On était bien, je te voyais et je t'ai embrassée. C'est arrivé comme ça. Je ne sais pas pourquoi. Enfin, si, je crois que je sais.

Eve la regarda sans parler, l'incitant implicitement à poursuivre.

- Ça fait des mois que je te connais et que je t'admire. Quand tu parles, je suis comme envoûtée. Tu as une espèce de pouvoir sur moi. Et moi, je cherche juste à te faire plaisir. Je veux que tu m'aimes bien, que tu aimes ce que je fais. C'est presque maladif, mais j'ai besoin que tu m'aimes bien.
- Mais je…
- Non, claqua Jennifer. Non ! Tu vas me dire que tu m'aimes bien, que je suis ton amie, que je suis d'une aide précieuse dans ta mission. Tu vas me dire ce que je veux entendre. Mais jamais tu ne m'as montré le

moindre intérêt. Je suis ton assistante dans ta quête, ça d'accord. Mais en dehors de ça, je suis ta larbine, je surveille ton état physique, ta grossesse, et je dois supporter tes humeurs. Est-ce que ça aurait été si difficile que ça de regarder un film avec moi plus tôt ? Ou de prendre un repas avec moi ? Est-ce que ça nous aurait tant ralenti que ça dans notre collecte de numéros de téléphone ?
- Jennifer, je suis...
- Tu es une ingrate ! Alors oui, je t'ai embrassée et je le regrette. Je m'excuse parce que ça t'a embarrassée. Mais c'est le fruit de semaines et de semaines de frustration. Tu m'as ignorée tout ce temps alors que tu exerces sur moi une influence extraordinaire. Résultat : j'ai craqué. Et j'en suis désolée.

Jennifer se laissa retomber sur son siège, comme vidée. Elle pleurait à chaudes larmes. Eve également, elle qui venait de prendre en pleine face sa propre méchanceté, son extraordinaire arrogance. Il n'y avait rien à ajouter, Jennifer avait tout dit. Chacune à sa manière avait été en faute. Et pour peu que la rancune ne fasse pas partie de leurs défauts, toutes deux seraient prêtes à oublier.

17

Chloé aidait Victor à faire ses devoirs. Gaëlle regardait un dessin animé. Adam lisait le journal. La fin d'après-midi se déroulait comme un long fleuve tranquille à L'Aulne, chez les Duval. Les journées s'achevaient en général dans le plus grand calme. Les enfants étaient des anges, le couple parental vivait en parfaite harmonie, avec les hauts et les bas inhérents à leur situation. Tout se passait pour le mieux dans le meilleur des mondes. Le seul petit nuage dans leur ciel s'appelait Eve. La sœur d'Adam n'avait plus donné de signe de vie depuis de longues semaines. La dernière entrevue entre les deux s'était achevée avec pertes et fracas. Adam n'avait pas reconnu sa sœur, et mettait son changement de comportement sur le compte de sa sortie d'un coma prolongé. Néanmoins, il se faisait un sang d'encre pour elle et refusait de croire qu'elle resterait dans cet état. Chaque jour, il attendait son coup de fil, son mail, sa lettre, n'importe quel signe de repentir, n'importe quelle manière pour elle de lui montrer que oui, elle allait bien et que oui, elle regrettait son attitude.

« Tout va bien, chéri ?

Chloé, son épouse, s'était penchée sur son épaule et y posait une main réconfortante. Adam la regarda en souriant. Tous deux entretenaient une complicité que les années et les épreuves n'avaient jamais mise à mal. Le mari vouait un culte à sa femme, voyant en elle une femme forte, intelligente, drôle, un roc sur lequel il pouvait s'appuyer en toutes circonstances. Elle voyait bien qu'il pensait régulièrement à sa sœur et se contentait de montrer par quelque signe d'affection qu'elle était là pour lui. Tout simplement. Ils parlaient à l'occasion d'Eve, mais jamais Chloé n'avait eu le mauvais goût de juger le frère ou la sœur. Elle écoutait, en épouse aimante et attentionnée. Adam la chérissait pour ça. Et se demandait régulièrement s'il faisait preuve, de son côté, d'autant de finesse et de tendresse.

- Ça va bien, merci, finit-il par répondre, toujours souriant. Pourquoi ?

Chloé émit un petit rire amusé.

- Parce que tu es bloqué depuis vingt minutes sur la page des faits divers. Et que tu détestes les faits divers. Voilà pourquoi.

Adam se surprît lui-même à rire de sa situation. Il avait une haine particulière pour les sujets de caniveau concernant les meurtres sanglants ou les chauffards enivrés. Le journalisme qui prétendait attirer le lectorat en faisant appel à ses plus bas instincts lui donnait la nausée. Tous les jours des dizaines de personnes mourraient en Syrie, en Irak ou ailleurs, et les journaux continuaient de faire la une sur la petite vieille d'à côté que l'on a menacé avec une hache pour lui voler ses économies. Une vie n'était donc pas égale à une autre ? A cette pensée, le sang d'Adam ne fit qu'un tour.

- Non mais regarde ça, s'emporta-t-il, pointant la page de journal, « un homme retrouvé battu à mort dans la banlieue toulousaine ». Mais quel genre de voyeur s'intéresse à ça ! On a même sa photo, son nom, son boulot, son âge. Mais je te jure, regarde ! « Ahmed Wahib, travailleur social, 41 ans ». Bordel, ça intéresse qui ?

Chloé repartit de son petit rire amusé. Adam voyait bien qu'elle se moquait de lui et se calma.

- Tu sais que tu me dis ça tous les deux jours ?, lui lança-t-elle. Et fais attention, les enfants sont juste à côté.
- Oui, désolé ».

Avec détachement, Chloé retourna auprès de son fils et Adam poursuivit la lecture de son quotidien en quittant rapidement la rubrique honnie.

Aux alentours de 19 heures, la petite famille se préparait à passer à table. Les Duval avaient pris l'habitude de manger le plus tôt possible car chacun des parents était susceptible d'être appelé en urgence en début de soirée. Victor et Gaëlle se lavaient les mains en chahutant légèrement, Adam préparait la salade tandis que Chloé mettait la touche finale à une quiche lorraine maison. Une soirée tranquille se profilait ce qui n'était pas pour déplaire aux parents, habitués à ne pas compter leurs heures de travail.

Soudain, la sonnette de la porte d'entrée retentit. Adam et Chloé se regardèrent, mollement étonnés. Le premier s'essuya les mains et entreprit d'aller ouvrir quand Gaëlle déboula dans le hall en criant « j'y vais ». Son père, amusé, la suivit tranquillement.

La petite fille parvint à la porte et se mit sur la pointe des pieds pour atteindre la poignée. Elle ouvrit et s'exclama, à la grande stupeur de ses parents : « Tata Eve ! »

Adam demeura interdit sur son propre palier. Derrière lui, Chloé passa la tête dans l'encadrement de la porte de la cuisine pour vérifier les dires de sa fille. Mais c'était bien Eve qui se tenait devant son entrée, un sourire timide sur les lèvres, accueillie par les chants joyeux de Gaëlle, bientôt rejointe par son frère.

« Bonjour, leur murmura-t-elle, avant de relever la tête vers son frère. Bonjour à tous.

Sa voix avait quelque chose de triste et son faciès confirmait cette impression. Eve avait les traits tirés et donnait l'impression d'avoir gagné beaucoup de poids. Cela dit, il sembla à Adam que quelque chose d'autre avait changé dans sa physionomie.

- Ca va peut-être vous choquer, bredouilla Eve, toujours aussi timidement, mais je suis enceinte ! »

-

Quelques minutes plus tard, Adam et sa sœur se faisaient face, assis de part et d'autre de la grande table du salon. Chloé et les enfants mangeaient dans la cuisine pour laisser à la fratrie tout l'espace et l'intimité nécessaires.

L'atmosphère était lourde. En théorie, Adam avait l'avantage d'être chez lui et d'avoir été copieusement insulté lors de leur dernière rencontre. Mais la grossesse de sa sœur et son attitude embarrassée l'empêchaient de lui dire tout ce qu'il avait gardé sur le cœur depuis l'hôpital.

« Mais comment ? Qu'est-ce que… Qui ?

Adam ne trouvait pas ses mots. Il était parfaitement décontenancé, complètement perdu, si bien qu'il avait perdu toute son éloquence. En guise de réponse, Eve lui sourît et baissa la tête. Elle laissa passer un silence et soupira un grand coup avant de planter son regard dans celui, effaré, de son frère.

- Je vais te raconter une histoire, dit-elle pompeusement, mais sans aucune arrogance. Et je te demande de me laisser finir. Tout ça va te paraître incroyable, et on aura l'occasion d'en parler. Mais je te demande de me laisser finir.

D'un signe, Adam l'invita à poursuivre. Il joignit ensuite ses mains devant sa bouche et plissa les yeux ce qui, chez lui, était le signe d'une intense concentration.

Plus d'une heure plus tard, Eve avait terminé son récit. Elle s'était efforcée de ne rien oublier. Adam avait demandé une pause pour aller faire des sandwiches. Après tout, sa sœur était enceinte non ? Elle devait manger. Il était revenu aussi rapidement qu'il était parti et avait poursuivi son écoute attentive, sans dire un mot.

Pendant de longues minutes, sa sœur lui avait raconté son séjour dans une mystérieuse chambre blanche, son contact avec une voix métaphysique qui prêchait une « vérité » qui ressemblait à une religion politisée, sa conversion à cette « vérité », sa sortie du coma, son immaculée grossesse, son amitié déséquilibrée avec Jennifer, son emménagement avec celle-ci, la réunion désastreuse avec tous ses copains adeptes du paranormal, la préparation à cette réunion, les doutes qui suivirent, le baiser de Jennifer, la discussion de réconciliation avec elle...

Eve avait achevé son récit épuisée. Si son corps n'était secoué de spasmes et de sanglots réguliers, on aurait pu croire qu'elle était sur le point de s'endormir. Adam ignorait quelle part tenait son état hormonal dans son comportement. Il demeurait, quant à lui, stoïque face à sa sœur, se pinçant la lèvre inférieure dans un effort d'intense réflexion.

Les minutes passèrent, et chacun demeura dans sa position initiale. Eve semblait moins traumatisée, mais restait fébrile, tandis qu'Adam était perdu dans les méandres de son esprit. Chloé fit une rapide apparition pour proposer quelque chose à boire à chacun. Son époux lui fit signe de la main que le moment était mal choisi et forma un sourire triste et entendu signifiant que les choses étaient sous contrôle. Son épouse lui rendit son signal et sortit de la pièce aussi discrètement qu'elle y était entrée.

A nouveau seul avec sa sœur, Adam se tourna vers elle et prit une profonde inspiration. Eve avait fini son récit depuis un certain temps et il lui semblait qu'il était plus que temps d'entamer la conversation. Mais par où commencer ?

- C'est Jennifer qui t'as amenée ici ?, finit-il par lâcher, d'une voix simple et calme.

Sa sœur leva rapidement la tête avec une expression d'étonnement méfiant sur le visage.

- Après tout ce que je viens de te raconter, c'est ça que tu veux savoir en premier ?
- Oui.

Adam était impassible. Il ne montrait aucune émotion particulière. Eve aurait aussi bien pu lui parler de ses cors aux pieds, son frère n'aurait pas eu une réaction plus placide.

Elle s'efforça de ne pas perdre le fil de sa pensée. Elle était là pour s'expliquer avec Adam et, éventuellement, récolter son avis sur sa situation.

- Non, j'ai pris un taxi. J'essaye de ne plus me reposer tout le temps sur elle.

- Bien, répondit son frère du tac-au-tac. Donc tu vas dormir ici cette nuit. Tu as besoin de repos, c'est évident. Et je ne parle pas que de ton corps.

Son ton ne souffrait d'aucune contestation. Pour la première fois depuis des années, il assurait son autorité d'aîné. Et Eve était plutôt soulagée de ne plus avoir le sentiment de porter le poids du monde sur ses épaules. Même une prophétesse, détentrice de la vérité et du sort de l'humanité, avait besoin d'un peu de repos. Et à cet instant, ce n'était certainement pas de refus.

Soulagée de ne pas trouver porte fermée ou un frère hermétique à une histoire si abracadabrante, Eve se redressa et s'appuya confortablement sur le dossier de sa chaise.

- Je vais te poser plusieurs questions pour clarifier un peu cette histoire, lui lança son frère d'une voix autoritaire. Tu te sens d'attaque ?

Eve acquiesça lentement en regardant Adam droit dans les yeux.

- Bien. Alors, est-ce que ta grossesse se passe normalement ? Je veux dire, est-ce que le bébé va bien, et toi aussi ?
- Oui.
- Aucune anomalie ?
- Non, a priori.

- Est-ce que tu as eu des ennuis avec la police ?
- Quoi ? Non, bien sûr que non !
- D'accord, ne t'énerve pas.

Adam posa ses mains à plat sur la table et regarda sa sœur avec sérieux et solennité.

- Est-ce que tu crois encore aujourd'hui que tu es la prophétesse de la vérité chargée de guider l'Humanité sur le chemin du bonheur collectif ?

Eve leva des yeux terrifiés vers son frère. Un grand vide se fit en elle. Adam avait réussi à résumer, en une question, toute la grossièreté de sa situation. Mis bout à bout, un à un, tous les éléments de cette histoire formaient un ensemble d'une stupidité et d'un ridicule extraordinaires. Et pourtant, au moment de formuler sa réponse, de longues secondes après que la question lui ait été posée, elle n'eut d'autre choix que de répondre sincèrement.

Elle éclata en sanglots confus et bruyants tout en révélant, à bout de souffle, la vérité à son frère.

- Oui, j'y crois vraiment ».

Eve s'effondra à nouveau sur la table, submergée par ses émotions. Partagée entre l'indécision, le doute et la honte, elle lâcha totalement prise et les minutes qui suivirent furent partagées entre pleurs et mots lâchés ici et là, sans queue ni tête.

Face à elle, Adam fut parcouru d'un frisson. Jamais il n'aurait imaginé voir sa sœur dans une situation pareille. Pourtant, force était de constater que certains éléments de son récit étaient plus qu'étranges. Il ne croyait pas au paranormal et son athéisme lui était chevillé au corps. Ce fut donc avec la plus grande perplexité qu'il vit sa sœur perdre momentanément l'esprit devant lui avant, finalement, de s'évanouir.

Chaque matin, Adam avait un rituel bien précis. Il se levait, embrassait sa femme qui commençait plus tard que lui, faisait quelques exercices de réveil musculaire, prenait sa douche, enfilait des vêtements sélectionnés avec soin la veille au soir et engloutissait une tasse de café avant de partir. Après de longues et âpres discussions avec Chloé, il avait renoncé à embrasser ses enfants le matin, ceux-ci se révélant impossible à rendormir par la suite.

Mais ce matin-là, Adam bâillait aux corneilles devant son café. Son troisième. Il n'avait littéralement pas fermé l'œil de la nuit, occupé qu'il était à essayer de prendre le problème de sa sœur dans tous les sens. Et, quel que soit le fin mot de l'histoire, quelque chose de très grave s'était passé. Dans l'esprit d'Eve, dans son corps ou les deux.

Derrière lui, il entendit des pas descendre l'escalier. Chloé était levée. Suivant un rituel, là aussi, excessivement précis, sa femme s'accordait de longues minutes pour se réveiller, avant de s'occuper de Victor et Gaëlle. Les rôles et les matinées étaient une mécanique bien huilée.

Surprise de voir son mari assis dans le canapé du salon, le visage livide et cerné, vêtu comme la veille, Chloé ne mit pourtant pas longtemps à deviner ce qu'il se passait.

« Bonjour, dit-elle en lui déposant un baiser sur la joue.

- Bonjour.

Décidée à ne pas aborder frontalement le problème, mais à ne pas le minimiser pour autant, Chloé s'assit à son tour sur le canapé et regarda son mari. Il avait l'air soucieux, fatigué et un peu effrayé.

- Ça va ?, lui demanda-t-elle, comme un signal général signifiant qu'il pouvait lui parler de tout s'il le souhaitait.
- Ça ira », répondit Adam.

Et rien d'autre n'eut besoin d'être ajouté.

Une heure plus tard, Adam n'avait pas vraiment bougé. Tout juste s'était-il resservi une tasse de café avant de se passer un peu d'eau sur le visage pour ne pas effrayer ses enfants. Pour la première fois depuis des mois, il avait embrassé sa fille et son fils avant leur départ pour l'école.

Aux alentours de huit heures, des pas feutrés résonnèrent dans les escaliers, une démarche pesante et fatiguée. La maison étant totalement silencieuse, Adam eut tout le loisir d'écouter sa sœur rejoindre lentement le salon. Il souffla et se leva énergiquement.

« Bonjour, lança-t-il dans son mouvement.

Face à lui, sa sœur portait les marques d'une nuit excellente, à l'opposé de la sienne.

- Bonjour, marmonna-t-elle.
- Un café ?

Eve répondit par un nouveau bâillement, accompagné d'un hochement de tête. Elle ne semblait pas avoir gardé de séquelle psychologique de son grand déballage de la veille.

Les minutes passèrent et rien d'autre que des « Bien dormi ? » ou autres « Plus de sucre ? » ne fut prononcé. Adam voulait attendre que sa sœur soit bien réveillée avant d'aborder le sujet qui fâchait, mais il s'en révéla incapable. Après un énième soupir, trahissant sa nervosité et sa fatigue, il prit place face à elle et la regarda profondément.

- Tu te doutes bien que je veux qu'on ait une discussion sérieuse, toi et moi…

Eve marqua une minuscule pause dans sa gorgée de café puis reposa sa tasse.

- Oui.

Adam ne savait véritablement pas par où commencer. La chambre blanche ? La grossesse ? Jennifer ?

- J'aimerais parler de la vérité, finit-il par se décider. En quoi elle consiste exactement ?

Eve inspira un grand coup, soulignant par-là que c'était son tour de ne pas savoir par où commencer.

A la manière de la veille, mais de façon moins passionnée, elle détailla point par point la philosophie qu'elle entendait prêcher au monde entier. Rejet d'Internet, racisme latent, retour à la nature, chaque idée était exposée et défendue avec la même conviction que par la voix elle-même. A la fin de son propos, Eve arborait un sourire en coin, signe d'une certaine autosatisfaction. Face à elle, son frère avait écouté attentivement mais restait impassible.

- Bon, lâcha-t-il après quelques secondes, j'aimerais que tu prennes un peu de recul par rapport à ce que tu viens de dire. Certaines idées sont fondamentalement bonnes. En tous cas, c'est mon opinion. Je te rejoins sur beaucoup de points mais il y a deux trucs qui me chiffonnent.

Eve se surprit à ressentir des sueurs froides. Elle s'estimait capable de tenir tête à n'importe qui pour défendre la vérité. Mais, précisément, ce n'était pas n'importe qui dont il s'agissait.

- Tout d'abord, il me semble que même si toute l'Humanité s'y met, et de tout son cœur, beaucoup de tes projets sont totalement utopiques ! Un retour à la nature ? La fin d'Internet ? Je veux bien qu'on rêve ensemble d'un monde meilleur, mais tes grands idéaux restent, justement, des idéaux. Et je ne vois pas comment ils pourraient être appliqués.

Eve se redressa sur son siège et posa ses coudes sur la table, dans une posture assurée.

- Mais ce ne sont que des idéaux ! Des grandes lignes à suivre dans l'absolu. Libre à chacun de l'exprimer de sa manière personnelle.
- Alors c'est la route toute tracée vers le chaos, riposta Adam. Si mon interprétation du message diffère du tien, comment crois-tu que le problème va se régler ? Ça ne peut que dégénérer !

Eve resta silencieuse. Elle manifestait sa désapprobation sans parvenir à l'exprimer.

- Et j'en viens donc à mon deuxième point. Pour être honnête, si ta « vérité » était juste un message un peu simpliste, baba cool et paisible, je m'en moquerais un peu. Libre à toi de croire en ce que tu veux. Mais tu réalises que ta philosophie est profondément raciste ?

- Comment ça ?, feignit de s'indigner Eve.

Elle ne pouvait plus l'ignorer, en vérité.

- Non mais tu t'es écoutée parler ?, la sermonna Adam. Les juifs contrôlent la finance ? Les immigrés sont prédisposés à la délinquance ? On dirait du mauvais Front national ! Encore une fois, je me moque de ce en quoi tu crois. Mais si tu fais du prosélytisme religieux en y ajoutant du racisme, on va pas être d'accord.

Adam ne plaisantait pas. Il avait ce regard qu'Eve avait déjà vu à plusieurs reprises.

- Tu ne vas quand même pas me donner tort, répliqua-t-elle. Les juifs tirent bel et bien les cordons de la bourse. Les arabes et les noirs sont statistiquement de plus grands délinquants que les Français de souche.

- Non mais écoute-toi..., s'emporta Adam, avant de se reprendre. Écoute, en admettant que ton constat soit vrai, et je dis bien « en admettant », je croyais que ton objectif était d'améliorer les choses, pas de les critiquer en l'état. Quel est l'intérêt de pointer ces choses que tu crois vraies, sinon de cracher ta haine ou de fidéliser les gens avec la pire démagogie ?

Le débat tournait à la leçon. En quelques phrases, Adam avait démoli la vérité, au grand dam d'Eve qui, malgré un faciès contrit et une manifeste désapprobation, ne parvenait pas à défendre sa philosophie.

Sur le qui-vive malgré l'ascendant qui était le sien, Adam but une gorgée de café et attendit que sa sœur prenne la parole.

- Alors qu'est-ce qu'il m'est arrivé, à ton avis ?, lâcha-t-elle, perdant son sang-froid. Je veux bien croire que tout est dans ma tête, mais ça, c'est quoi ?

Elle pointa son ventre grossi, les larmes aux yeux.

- Ça, répondit Adam, c'est ma plus grosse angoisse. Que tu aies eu une épiphanie, c'est une chose. Que ton esprit t'ait proposé un éveil spirituel durant ton coma, pourquoi pas. Mais cette grossesse, c'est extrêmement préoccupant.

Il réfléchit longuement, les yeux rivés sur le ventre de sa sœur. Comme à son habitude, il pinçait sa lèvre inférieure. Le problème avait beau être pris dans tous les sens, la conclusion demeurait la même.

- Écoute, Eve. Il n'y a pas trente-six hypothèses. Ou bien on a une immaculée conception émanant de l'entité qui t'a confié sa vérité. Ou bien…

- … Ou bien on m'a planté ce bébé dans le ventre pendant mon coma, coupa Eve. Je sais. J'y ai déjà pensé.
- Et alors ?, demanda Adam. Tu n'y crois pas ?

Eve parut gênée par cette question. Elle prit quelques secondes pour répondre.

- Je l'ai considéré au début. J'ai cherché des signes. J'ai même cru que les parents et toi vous étiez dans le coup. Mais c'était trop gros pour être vrai.
- Et pourtant, tu es convaincue d'être la prophétesse d'une voix dans une chambre blanche…
- Je sais ce que j'ai vécu !, s'emporta Eve, définitivement nerveuse. C'était vrai, Adam. C'était réel.
- Mais admettons que ça ne l'ait pas été, énonça lentement son frère. Admettons que cette chambre blanche n'ait existé que dans ta tête… Tu te souviens de ce que disait ce type dans l'émission de radio qu'on écoutait, quand on était petits ? « Quand il n'y a pas de certitude scientifique…
- … Tout est une question de foi », continua Eve.

Adam hocha la tête.

- Toi tu as choisi de croire en la chambre blanche. Mais si l'autre hypothèse était la bonne ?

Eve soupira et se laissa tomber dans son siège. Elle leva les bras sur le côté en signe d'impuissance. Son regard était planté dans le sol. D'ordinaire, une parole de la voix venait se rappeler à son souvenir et la rassurer. Mais ici, la seule voix qui faisait autorité était celle d'Adam. Elle était venue le voir lui, pour avoir son avis et son aide. Autant jouer cartes sur table et raconter à son frère tout ce qu'elle avait sur le cœur et à l'esprit.

- Adam, je crois que je suis suivie, murmura-t-elle, timidement.

Celui-ci changea d'expression instantanément. Le scepticisme fit place à l'incrédulité. Et à l'appréhension.

- Comment ça, tu es suivie ? Par qui ? Et comment tu le sais ?

Eve soupira et secoua la tête.

- C'est sans doute rien, je suis peut-être parano. Hier, je suis sortie de chez Jennifer pour essayer d'aller me promener. Bon, en fait, je n'ai pas pu parce que je fatigue trop vite. Donc je suis restée devant sa porte à regarder la rue. Et, à un moment, j'ai cru voir un truc bizarre, je saurais pas dire quoi. Alors j'ai balayé la rue du regard et, d'un coup, comme ça, une voiture démarre en trombe et s'éloigne. J'ai pas vu la personne rentrer dans la voiture donc elle devait être là depuis le début.

Adam paraissait particulièrement captivé. Si quelqu'un s'intéressait de près à Eve, ce ne devait pas être pour ses activités de prophétesse.

- Est-ce que tu as vu le visage du conducteur ?
- Non, c'est allé super vite et j'ai été surprise. Par contre, j'ai remarqué un truc avec la plaque d'immatriculation. C'était pas une plaque habituelle.
- C'est-à-dire ?, demanda Adam, intrigué.

Eve attrapa un crayon et une feuille de papier qui traînaient sur le comptoir de la cuisine et dessina ce qu'elle avait vu. Elle expliqua à son frère les couleurs particulières de la plaque en question. Et avant même que son explication soit achevée, Adam avait le visage blême.

- Et tu as pu relever le numéro ?, demanda-t-il, soufflé.
- Non, pourquoi, tu sais ce que c'est que cette plaque ?

Adam s'adossa à son siège, les yeux écarquillés.

- Adam !, appela Eve, inquiète de la réaction de son frère. Adam, c'est quoi cette plaque ?

- C'est une plaque de la préfecture, lâcha-t-il. J'en vois tous les jours. Ma voiture de fonction a une plaque comme ça.

Sa sœur ouvrit grand les yeux et la bouche. Catastrophée, elle porta les mains à son visage et se leva, prise d'une angoisse soudaine. Tandis qu'Adam demeurait muet et stoïque, elle faisait les cent pas dans la cuisine, incapable de réfléchir posément à ce qui venait de se débloquer. Les choses n'étaient plus du tout les mêmes si la préfecture, les représentants de l'État, la surveillaient.

Eve avait besoin de se calmer et son frère ne semblait pas en état de faire quoi que ce soit pour elle. Dans un effort désespéré pour chasser de son esprit ses soucis, elle promena son regard et aperçut le journal posé sur le frigo.

- Oh putain, cria-t-elle. Putain, putain, putain de merde !

Adam leva la tête et vit sa sœur multiplier les petits pas nerveusement, en fixant horrifiée la photo en appel de une.

- Qu'est-ce qui se passe ?, demanda-t-il.
- Merde de merde de merde de merde, putain, putain !

Eve était totalement paniquée. Adam se leva et attrapa les épaules de sa sœur. Il la força à le regarder dans les yeux.

- Eve ! Que se passe-t-il ? Réponds-moi !

Celle-ci, dans un accès de lucidité, leva le journal jusque sous les yeux de son frère. Il s'agissait de l'article qu'il avait tant maudit, le fait divers sur le travailleur social assassiné. Adam regarda sa sœur, mais ne comprit pas ce qu'elle voulait dire.

- Ahmed, bredouilla-t-elle, dans un état de confusion avancé. Ahmed !
- Oui, Ahmed Wahib, le type qui a été battu à mort. Et bien quoi ?

Eve avala sa salive et essaya de se calmer. Mais il fallut encore de longues secondes avant qu'elle puisse expliquer à son frère dans quelle spirale elle semblait sombrer.

18

Jennifer était assise dans la bruyante salle d'attente du commissariat central de Toulouse. A côté d'elle, une septuagénaire serrait nerveusement son immense sac à main sur sa poitrine. La vieille dame semblait terrifiée, alors même qu'elle était supposée se trouver au centre du bâtiment le plus sécurisé de la région. Loin de l'énerver, cela peina Jennifer, triste de voir que certaines personnes semblaient condamnées à vivre dans la peur.

Elle-même ne trouvait la paix qu'en de très rares occasions. Et pas une seule fois, depuis qu'elle avait rencontré Eve, elle n'avait ressenti de calme ou de sérénité. Son ancienne patiente, devenue en quelque sorte son mentor, lui avait causé plus de peine qu'autre chose. Jamais elle n'avait eu une si mauvaise image d'elle-même. En présence de la prophétesse, elle se sentait plus basse que terre et, plus les choses avançaient, plus la nécessité de ne plus la fréquenter s'affirmait.

Eve entra dans le commissariat et se dirigea d'un pas pressé vers l'infirmière. Une heure auparavant, elle avait téléphoné à son amie pour l'informer du décès d'Ahmed. Toutes deux faisaient partie des dernières personnes à l'avoir vu en vie, aussi décidèrent-elles de suivre les conseils pressants d'Adam et de se présenter à la police. Celui-ci avait juste eu à passer un coup de fil. Mieux valait se débarrasser de tout sentiment de culpabilité et de tout éventuel problème judiciaire. De fait, le frère d'Eve l'accompagnait et se présenta poliment à Jennifer avant de s'éclipser pour aller s'annoncer auprès du policier chargé de l'accueil. L'infirmière lui avait répondu en tentant de conserver son calme, mais sa main tremblait fortement. Jamais elle n'avait vécu de situation aussi stressante, malgré le métier qu'elle exerçait. Ahmed avait assisté à la réunion et avait été assassiné juste après. Et voilà qu'Eve lui avait dit au téléphone qu'un type la suivait. Dans quoi s'était-elle embarquée ? Pour l'énième fois de la journée, Jennifer pensa qu'elle aurait souhaité ne jamais rencontrer cette prophétesse.

« Comment tu vas ?, lui demanda de manière condescendante cette dernière.

- A ton avis ? », répliqua sèchement l'infirmière.

Adam regarda la scène et se souvint de la dispute que lui avait racontée sa sœur. Quelque chose semblait rompu entre ces deux-là, c'était évident.

Tous trois s'assirent en silence et ne prononcèrent pas un mot en attendant d'être reçus. Les deux jeunes femmes ne cachaient pas leur appréhension, leurs pensées les emmenant jusqu'à un potentiel danger de mort. Adam, de son côté, était extrêmement mal à l'aise, coincé entre sa sœur, sa disciple et leurs problèmes dont il se serait bien passé. « Foutue conscience », pensa-t-il.

Après une quinzaine de minutes, une femme vêtue d'un tailleur bordeaux s'approcha d'eux, un grand sourire aux lèvres. Un badge passé autour de son cou indiquait « commissaire Vinali ». Elle avait les cheveux ramenés en un chignon strict dans un double effort de paraître plus âgée et d'envoyer un fort signal d'autorité. L'allure martiale malgré une véritable volonté de se montrer aimable, elle tendit une main rigide à Adam.

« Monsieur Duval, lança-t-elle d'une voix forte, c'est toujours un plaisir.

La femme se tourna ensuite vers Jennifer et Eve, et leur offrit la même poignée de main tonique.

- Mesdames, bonjour à vous. Veuillez me suivre, s'il vous plaît.

Le trio suivit la commissaire dans les méandres des couloirs du bâtiment. Dix, quinze, vingt fois ils tournèrent, passèrent devant des bureaux, montèrent des escaliers avant d'être chaleureusement invités à entrer dans l'un d'eux.

La pièce était assez peu spacieuse, chichement décorée, mais parfaitement rangée. Pas un dossier ne dépassait, pas un stylo ne pendait, tout était impeccablement en place. Le bureau du commissaire Vinali renvoyait l'image, sans doute voulue, d'un temple dédié au travail et à rien d'autre.

Le sourire toujours fixé sur ses lèvres, la maîtresse des lieux invita le trio à s'asseoir. Adam prit soin de se positionner au milieu, ses deux compagnonnes effrayées l'entourant sagement.

- C'est moi qui ai personnellement mené l'enquête autour du meurtre d'Ahmed Wahib, lança Vinali sans perdre de temps. Voilà pourquoi c'est moi qui vous reçoit et non monsieur Lefèvre.

La commissaire ne semblait pas vouloir cacher qu'elle s'adressait à Adam et à lui seul. Celui-ci inclina la tête poliment. Vinali ouvrit un tiroir, en sortit un dossier et l'ouvrit calmement.

- Ahmed Wahib, 41 ans, salarié de la mairie toulousaine. Antécédents de trafic de stupéfiants, trouble à l'ordre public, et j'en passe.

La femme ferma le dossier et planta son regard dans celui de Jennifer. Elle avait des yeux noirs, tranchants et confiants. L'infirmière s'enfonça dans son siège.

- Et vous dites, mesdemoiselles, que vous êtes parmi les dernières personnes à avoir vu Wahib en vie ?

La question ne se voulait pas agressive, mais la nervosité reprit le dessus et Jennifer fondit en larmes. Face à elle, Vinali se décomposa, plus surprise que désolée.

- Pardonnez-moi, articula-t-elle, vous n'êtes pas du tout en cause. Personne ne vous suspecte, calmez-vous je vous prie.

Là encore, la commissaire voulait simplement rassurer l'infirmière, mais son ton était tellement martial et dur qu'elle donnait l'impression de gronder une petite fille.

- Monsieur Wahib assistait à une réunion organisée par ma sœur et son amie, intervint Adam, sur un ton professionnel qu'Eve ne lui connaissait pas. Il y avait près d'une vingtaine de personnes présentes, elles n'ont donc pas eu l'occasion de discuter avec la victime en particulier.

Adam conclut son propos d'un sourire assuré. Il y avait là une forme de combat implicite entre la courtoisie de façade de la commissaire Vinali et celle, plus subtile, du directeur de cabinet du préfet. Cela échappa totalement à Jennifer et Eve, mais Adam se surprit, une fois de plus, à se délecter de son habileté dans l'exercice.

- Bien, claqua sèchement Vinali, en croisant les mains devant elle sur son bureau. Et quel était l'objet de cette réunion ?

Les deux jeunes femmes se regardèrent lentement, les yeux bas et le visage hésitant. Aucune ne voulait répondre et cela frappa Adam comme une claque au visage : elles avaient honte ! Cela l'agaça profondément, aussi encouragea-t-il sa sœur à dire quelque chose. Elle qui prétendait prêcher la bonne parole à l'Humanité toute entière se trouvait incapable de résister à l'aplomb d'une commissaire. En quelques secondes, Eve redevint, aux yeux de son frère, la petite fille introvertie et discrète qu'elle avait été, d'une façon ou d'une autre, jusqu'à son accident.

- L'objet de la réunion..., commença Adam.
- L'objet de la réunion, poursuivit Eve, était de comparer nos expériences métaphysiques.

Les sourcils de Vinali se levèrent sous le coup de la surprise. Cela sembla l'amuser.

- Expériences métaphysiques ?, répéta-t-elle en rouvrant le dossier d'Ahmed. Vous faites référence à ce que Wahib a vécu en sortant du coma ?
- Non, répondit Eve. Je fais référence à ce qu'il a vécu pendant qu'il était dans le coma.

Une fois encore, la commissaire parut s'amuser du témoignage de la jeune femme. Elle regarda à nouveau le dossier et y lut un long passage. Puis, elle se reposa dans son fauteuil, jeta un regard à Adam et reporta ses yeux sur son interlocutrice.

- Madame Duval, puis-je vous demander en quoi consistait votre expérience ?

- Je ne vois pas quel rapport cela a avec l'enquête, claqua Adam, feignant l'indignation.

Vinali écarta les bras avec un grand sourire. Elle semblait prendre un plaisir particulier au cours de cette entrevue, tandis que Jennifer continuait de se noyer dans d'épars sanglots.

- C'est vous qui êtes venu me voir, monsieur Duval. Qu'attendez-vous de moi si je ne peux pas poser quelques questions ?

L'insolence de la commissaire énerva prodigieusement Adam, lequel s'apprêtait à répondre avant que sa sœur ne le devance.

- Je vais vous dire tout ce que je sais d'Ahmed Wahib, tout ce que nous savons sur lui, et puis on partira. On est ici que pour aider la justice, pour faire tout ce qu'on eut pour retrouver l'assassin. Après tout, on est peut-être des cibles potentielles.

Vinali effectua une sorte de grimace qui semblait dire qu'elle trouvait l'arrangement convenable. Eve se racla la gorge et il lui sembla qu'elle entama son récit pour la millième fois.

- Il y a plus d'un an, je suis tombé dans le coma... »

L'homme se frappa le côté de la tête, furieux contre lui-même. Comment avait-il pu être aussi stupide ? Se faire repérer comme un bleu, juste devant la porte de sa cible ! Quel genre de crétin dégénéré pouvait faire ce genre d'erreur ?

Heureusement, elle ne l'avait pas reconnu. Autrement, il aurait déjà eu des problèmes. Mais alors, que faisait-elle au commissariat central ? Il l'avait suivie jusque chez son frère puis, de là, jusqu'à Toulouse. Et il n'aimait pas vraiment ce qu'il voyait. Adam Duval était un homme puissant, avec beaucoup de relations.

Peut-être qu'il avait été trop loin avec Wahib, mais le message était a priori bien passé puisqu'aucun de ces cinglés n'avait repris contact avec Eve. Les choses se passaient plutôt bien, dans l'ensemble. Mais l'implication de la police ne promettait rien de bon.

Confus et pensif, l'homme mit le contact et démarra. Il devait être loin quand elle ressortirait du commissariat. Pas question de se faire pincer une nouvelle fois avec la voiture de service. Surtout quand Adam Duval était avec elle...

La commissaire Vinali inspira un grand coup. Elle avait débuté assez bas dans l'échelle et avait eu droit à son lot d'histoires farfelues. Mais, bon sang, qu'est-ce que c'était que ces conneries de chambre blanche et d'immaculée conception ? Et il fallait que ce soit la sœur de Duval, par-dessus le marché. Un ami personnel du chef. Son sourire initial s'était totalement effacé à mesure que la folle avançait dans son récit.

« C'est une drôle d'histoire que vous me racontez là, maugréa-t-elle. Donc vous me dites que cet enfant que vous portez vous a été confié par une divinité que vous avez rencontrée dans une chambre blanche, pendant votre coma. C'est intéressant. Complètement fou, mais intéressant.

- Si vous pouviez garder vos remarques sarcastiques pour vous…, cracha Adam, aussi énervé par l'attitude de Vinali que par le récit invraisemblable de sa sœur.

Celle-ci se leva lentement, avec toutes les peines du monde pour masquer sa fatigue. Jennifer, enfin calmée, vint lui porter assistance et l'aida à se mettre sur ses pieds. Eve jeta un regard noir à la commissaire.

- Je vous ai raconté mon histoire. Faites-en ce que vous voulez. J'ai la conscience tranquille. Trouvez le meurtrier d'Ahmed ou pas, je m'en moque.

Sur ces mots, prononcés difficilement, elle tourna les talons et prit la direction de la sortie.

- Madame Duval, lui lança Vinali, stoppant sa marche. Je vous demanderai de demeurer à la disposition de la police dans les semaines à venir.

Adam, qui venait de se lever à son tour, plaqua ses mains violemment sur le bureau de la commissaire.

- Qu'est-ce que veut dire, bordel !, hurla-t-il, hors de lui. Elle se présente à vous pour témoigner de son plein gré et vous la traitez comme une suspecte !

Vinali leva ses yeux noirs sur lui avec une assurance désarmante. Elle se recula pour s'appuyer sur le dossier de son fauteuil.

- Mais pas du tout, répondit-elle d'un ton sec, mais le sourire aux lèvres. J'ai simplement demandé à votre sœur, qui peut, semble-t-il, parler pour elle-même, de rester à notre disposition pour le temps de l'enquête.
- Et pourquoi donc, je vous prie ?
- Parce que, monsieur Duval, je ne crois pas une seule seconde que votre sœur porte l'enfant d'une voix désincarnée. Par conséquent, je vais de ce pas ouvrir une enquête sur le sujet. Le meurtre de Wahib a tout l'air d'un cul-de-sac. Mais l'affaire de votre sœur me paraît loin d'être insoluble.

Adam se redressa, mais ne quittait pas la commissaire Vinali des yeux. Tous deux se livraient une guerre des nerfs, une de ces batailles d'enfants où celui qui baisse le regard le premier perd la face.

- Eve, Jennifer, attendez-moi dehors s'il-vous plaît, finit-il par dire, calmement, sans se retourner.

Les deux jeunes femmes se regardèrent en silence. Elles n'esquissèrent pas un mouvement, surprises par la requête d'Adam et intimidées par la tension ambiante.

- Allez m'attendre dehors ! », cria-t-il par-dessus son épaule.

Son ordre ne souffrait aucune contestation et, quand bien même, ni Jennifer ni Eve n'étaient en mesure d'en formuler la moindre. Lentement, les deux femmes sortirent du bureau et allèrent s'installer sur un banc, quelques mètres plus loin. Adam referma la porte vigoureusement derrière elles. Ébahies, les deux femmes se regardèrent, les yeux écarquillés. Quelque chose leur échappait mais, paradoxalement, elles ne voulaient pas savoir quoi. Le contrôle de la situation était désormais entre les mains d'Adam, et cela leur convenait.

Eve soupira profondément. Décidément, sa grossesse ne devenait pas plus agréable avec le temps. Elle se fatiguait très rapidement, ses jambes étaient engourdies la plupart du temps et son état toujours convalescent n'arrangeait rien.

« Si je dois encore raconter une seule fois toute cette histoire, je vais m'évanouir, souffla-t-elle. Merci de m'avoir aidée, là-bas. Je n'aurais pas pu me lever seule.

Jennifer se tourna très lentement vers elle. Son expression était sévère, ses lèvres pincées. Elle transpirait la colère par tous les pores.

- Si tu devais raconter ton histoire encore une fois ? Oh, pauvre chérie ! Tu veux un bon bol de lait chaud ? Un cookie ? Un massage des pieds ?
- Non, je dis juste que...
- Tu dis juste qu'une fois encore, tu passes ton temps à te plaindre ! Je suis la dernière des connes de t'avoir surprotégée comme ça. Regarde-toi ! Tu es incapable de te lever seule, de te défendre ou d'organiser une réunion à la con ! Tu es pathétique ! J'y ai cru, Eve, j'y ai cru. Mais si le salut de l'Humanité passe par toi, je crois qu'on est bien tous foutus !

Ivre de colère, Jennifer se leva et fit quelques pas, sous le regard stupéfait d'Eve. Après une dizaine de seconde, l'infirmière revint et se posta debout devant elle, loin d'être calmée.

- Je ne t'ai pas aidée à te lever par amitié ou par amour. Je t'ai aidé parce que je suis une putain d'infirmière. Et que je suis une bonne nature. Avec toi, j'ai même été une bonne poire. Tu prétends être une prophétesse et avoir reçu la vérité en même temps qu'un môme. La vérité, j'y crois Eve. Je crois en tous ce que tu prêches. Je crois que le monde se porterait beaucoup mieux si on suivait tes préceptes. Mais c'est en toi que je ne crois pas ! Concrètement, qu'est-ce que tu as fait depuis ton réveil ? Tu as mis quatre mois à organiser une réunion que tu as complètement foutue en l'air. Tu es venue squatter chez moi parce que tu t'étais foutu ton frère à dos. Et tu nous as mises toutes les deux en danger. Bravo ! Super bilan ! Longue vie à notre prophète !

Jennifer dansait ironiquement dans les couloirs du commissariat. Ses nerfs avaient lâchés sous les poids conjugués de la colère et de la peur.

- A partir de maintenant, tu m'oublies, siffla-t-elle à une Eve pétrifiée. Tu as vu ? Ta seule disciple te tourne le dos. Qu'est-ce que tu peux encore rater ? »

Sur ces mots, l'infirmière partit. Sans se retourner.

Quelques secondes plus tard, Adam sortit, rouge de colère, du bureau de la commissaire Vinali. Il s'arrêta une seconde et s'approcha de sa sœur.

« Pourquoi tu pleures ? Et où est passée Jennifer ? »

Quelques heures plus tard, tous deux étaient de retour à l'Aulne. Eve buvait un verre de jus d'orange, tandis que son frère se tenait debout, appuyé contre le plan de travail de la cuisine, les bras croisés.

La suite de la journée avait été chaotique. Adam avait écouté le récit confus de la dispute qu'il avait manquée. A vrai dire, vu la description qu'Eve en faisait, cela s'apparentait plus à une engueulade pure et simple. Pendant près d'une demi-heure, il avait dû réconforter sa sœur à quelques mètres seulement du bureau de Vinali. Une situation des plus inconfortables.

Le trajet en voiture ne fut pas plus agréable. Adam dut s'arrêter à trois reprises car sa sœur fut successivement prise de nausées, de crampes et d'une soudaine envie de chocolat. Il essaya de se rappeler les grossesses de Chloé mais ne trouva pas trace d'un comportement aussi particulièrement agaçant. Certes, Eve traversait une période trouble et ses nerfs devaient être mis à rude épreuve. Et même si toutes les grossesses ne se ressemblent pas, Adam soupçonnait sa sœur de tirer avantage de la situation et de s'y complaire.

Face à lui, la « prophétesse de la vérité » fixait la table, les yeux rougis par de longues minutes de pleurs. Il regretta aussitôt ses pensées néfastes, qu'il mit sur le compte de sa propre nervosité. La situation était pourtant grave, et il devait en toucher deux mots à Eve.

« Bon, maintenant que tu es calmée, il faut qu'on parle.

Il tira une chaise et prit place face à sa sœur.

- J'ai parlé à Vinali, poursuivit-il. Et on est d'accord, elle et moi : il y a bien quelque chose de louche dans ta grossesse.
- Je ne veux pas…

Adam leva une main pour signaler à sa sœur qu'il n'avait pas fini.

- Que tu aies été mise enceinte par une entité métaphysique ou par n'importe quel autre moyen, il y a bien quelque chose de bizarre. Mais la bonne nouvelle, c'est que j'ai convaincu Vinali de ne pas ouvrir d'enquête policière.

Eve esquissa un sourire de soulagement. Plus que tout, elle voulait éviter que son histoire se trouve dans les journaux. Le temps n'était plus à la propagation de la vérité et ni à la prophétesse qui prêche devant l'Humanité entière. Elle n'aspirait désormais qu'à un peu de tranquillité. Le reste attendrait.

Face à elle, Adam ne souriait pas du tout. Il prenait l'affaire très au sérieux. Et quelque chose dans son attitude montrait à Eve que ce n'était pas tout.

- Il y a juste un truc, lâcha son frère, les mâchoires serrées. Vinali m'a promis de lâcher l'affaire à une condition.
- Laquelle ?, demanda Eve, impatiente.

- Je lui ai dit que je mènerai l'enquête moi-même... »

19

Jennifer arriva chez elle en fin de journée. Après avoir quitté le commissariat, elle s'était promenée dans les rues de Toulouse. Il fallait qu'elle fasse le vide. Depuis des semaines et des semaines, elle était devenue ce qu'Eve avait fait d'elle. Mais c'était terminé.

Particulièrement remontée, Jennifer fit vœu de ne plus jamais être sous une telle influence, sans ne rien obtenir en retour. Elle se savait d'une nature influençable, mais cela ne lui avait jamais autant causé préjudice. Au contraire, la jeune infirmière voulait croire que sa gentillesse et son empathie étaient des atouts. Et que quelqu'un finirait par le voir.

Par trois fois un homme s'approcha d'elle et entreprit de l'aborder, avec plus ou moins de subtilité. Le deuxième lui offrit charitablement 200 euros pour une faveur sexuelle. Il reçut une gifle gratuitement. « C'est pour la maison », lui lança-t-elle, pas peu fière de son effet.

Arrivée dans son canapé, une bière à la main, Jennifer fixa le poste de télévision éteint. Trois jours auparavant, Eve et elle regardaient « Titanic » ensemble, tout allait pour le mieux. Et aujourd'hui, chacune était repartie de son côté.

Pour la plus grosse part, Jennifer s'estimait responsable de cette rupture orageuse. Elle avait complètement craqué et avait reproché à Eve une attitude qu'elle-même avait permis de développer. La faute lui incombait autant qu'à son ancienne prophétesse. Peu importe, tout ceci était du passé, désormais.

Jennifer but une longue gorgée et sentit le goût salé de ses larmes sur ses lèvres. Elle avait aimé Eve. Aussi fortement que l'on pouvait aimer quelqu'un de manière platonique. Et même un peu plus. Bien sûr, il y avait son éloquence, la beauté de ses discours, son charisme... Elle se savait sensible à ce type de qualités. Mais il y avait plus que cela. Et Jennifer se demanda, brièvement, si elle ne développait pas une attraction pour les personnes qui la traitaient comme une moins-que-rien. C'était déjà arrivé dans le passé. A vrai dire, chacune des relations qu'elle avait eues avait observé le même schéma. Mais plus jamais ! Plus jamais, se jura-t-elle. On ne la reprendrait pas à se soumettre gentiment aux désirs d'une autre personne. Si quelqu'un voulait qu'elle l'aime, il faudrait la rendre heureuse en retour. « C'est comme ça que les choses sont censées fonctionner », pesta-t-elle à voix haute, claquant sa bouteille de bière sur la table basse. Son geste fit mousser la boisson, laquelle se répandit rapidement sur le meuble. Jennifer regarda le phénomène avec étonnement. Une simple secousse, et tout débordait. La jeune femme émit un petit rire nerveux qu'elle essaya d'abord d'étouffer de la main. La bière continuait de couler de la bouteille et commençait à couler sur le tapis. Loin de se formaliser, elle se lança dans un fou rire inexplicable et inarrêtable. Les mains sur les côtes, les jambes repliées sur son ventre, Jennifer regarda les dégâts sans ne rien faire d'autre que rire violemment.

Ce fut ainsi, les yeux clos et prise de convulsions, qu'elle perdit connaissance, sous l'effet d'un coup qu'elle ne sentit pas venir.

« Tu veux mener une enquête sur moi ?, demanda Eve, autant de calme que possible

Adam avait du mal à soutenir son regard. Non que celui-ci fût particulièrement dur, mais il avait honte de s'être lancé là-dedans.

- Je n'ai pas le choix, Eve. C'était ça ou les types de Vinali. Et, crois-moi, tu n'en veux pas.
- Ah mais je te rassure, je ne veux pas de ton enquête non plus. Je ne veux pas d'enquête du tout. Mon ventre va bien, merci pour lui.

Eve était outrée. Comment son frère osait-il faire d'elle une scène de crime ? Elle n'avait vraiment pas besoin de ça.

- Encore une fois, je suis désolé mais tu n'as pas le choix.
- C'est toi qui m'a conseillé d'aller voir les flics ! C'est toi !

- Je sais, et je te répète que je suis désolé.
- Je me fous de tes excuses. T'enquêteras pas sur moi.

Adam commençait réellement à perdre patience avec sa tête de mule de sœur. Elle avait toujours eu un caractère de cochon mais, étant donné la situation, il se serait bien passé de ses principes. Soudain conscient de n'avoir aucun débat à offrir à sa sœur, il décida de prendre les choses en main avec autorité. Adam se leva et posa brutalement ses mains sur la table.

- Bon, écoute-moi bien maintenant, espèce de gamine stupide déconnectée du monde. Tu peux croire ce que tu veux, tu peux vouloir ce que tu veux, je vais enquêter sur cette histoire. Tu dis, toi, qu'une voix a foutu un bébé dans ton ventre pendant ton coma. Super, continue de croire ça. Mais moi je vais m'en tenir aux faits, et aux faits uniquement. J'ai pris une semaine de congés sans solde pour faire la lumière sur tout ça, alors t'es gentille, tu me laisses faire. Parce que si je suis l'oncle d'une divinité, j'aimerais au moins en être sûr.

Comme si son monologue au ton acerbe n'avait pas suffi, il planta son plus noir regard dans les yeux d'Eve. Celle-ci avait adopté une posture d'enfant boudeuse, bras croisés et tête sur le côté. Quand Adam eut fini son discours, elle se tourna vers lui.

- Fais bien ce que tu veux, je m'en fous. Mais je t'aiderai pas. Pour ce qui me concerne, ce bébé est celui de la voix, de la vérité. Le reste ne m'intéresse pas ».

Sur ces mots, la jeune femme se leva et alla se cloîtrer dans la chambre d'amis. Son attitude était totalement imprévisible et Adam ne savait jamais quelle Eve il allait trouver face à lui. « Pourvu que j'obtienne des résultats », pensa-t-il, avant de se demander comment un fonctionnaire comme lui allait bien pouvoir mener une enquête de ce genre. Mais puisqu'il fallait bien commencer quelque part, il enfila son manteau et se mit en route.

L'homme n'aimait pas du tout, mais alors pas du tout la tournure que prenaient les choses. Il avait essayé de surveiller le domicile de l'infirmière, mais Eve n'y allait plus. Elle était chez son frère et ne sortait jamais. Normalement, la situation aurait dû lui convenir. Mais c'était Duval qui le gênait justement. Il n'allait plus travailler. A la place, il passait son temps à l'hôpital, à fouiner, à poser des questions. Quelque chose n'allait pas. Et l'homme n'aimait pas ça. Il aurait voulu passer plus de temps à surveiller Duval, mais il avait du boulot. Et il y allait, à son boulot, lui. Fou de rage devant la situation qui lui échappait, l'homme frappa à plusieurs reprises son volant. L'heure n'était plus aux demi-mesures. Il devait tenter le tout pour le tout, avant que Duval ne découvre la vérité. Parce qu'il trouverait, c'était un type malin. Surtout qu'il était exclu de s'en débarrasser comme de Wahib.

Un mal de crâne lui vrilla les tempes, le forçant à rentrer. De toute façon, il n'apprendrait rien de plus aujourd'hui. Les choses ne se passaient plus comme prévu, il fallait qu'il réfléchisse. Il fallait qu'il établisse un plan. Décidé à ne pas perdre la maîtrise des événements, l'homme mit en route le moteur et décida qu'il fallait qu'il rentre chez lui. Pour mettre une stratégie en place. Il appuya sur l'accélérateur et quitta rapidement le parking de l'hôpital.

Comme beaucoup avant elle, Eve songea que plus l'offre télévisuelle était ample, moins les programmes l'intéressaient. Elle avait le sentiment de zapper depuis trois jours, sans jamais rien trouver. Échouée sur le canapé de son frère, incapable d'aligner deux pensées cohérentes, elle s'ennuyait à mourir.

Adam ne lui parlait plus depuis qu'il avait commencé son « enquête ». Il l'évitait délibérément, passant même par Chloé pour lui dire certaines choses. Sa belle-sœur faisait preuve d'une patience d'ange. Elle ne pestait jamais, se contentant de se lever le matin, d'aller travailler et de s'occuper de ses enfants. Son mari avait pris un congé sans solde pour enquêter sur la grossesse de sa sœur, et elle ne trouvait même pas là matière à râler un peu. Eve se surprit à l'admirer et à la prendre en pitié à la fois. Enfin, ce n'était pas sa faute à elle si Adam s'était mis en tête de chercher l'impossible ! Le bébé lui avait été confié par la voix, afin de rendre crédible son histoire. Personne ne la croyait mais elle, elle savait bien où était la vérité. Un jour, les gens verraient bien à quel point ils s'étaient trompés.

Mais en attendant, Eve s'ennuyait ferme. Elle consulta la pendule : 15 heures 10. Les enfants ne seraient pas rentrés avant encore presque deux heures. Gaëlle et Victor étaient les deux rayons de soleil de ses journées. Son frère l'évitait et Chloé n'avait jamais été très proche d'elle. Mais les enfants l'adoraient et elle le leur rendait bien. Chaque soir, ils jouaient ensemble, les petits s'amusant la plupart du temps à essayer de trouver un nom à leur futur cousin ou leur future cousine. Le favori du moment était Rihanna. Eve en était navrée.

Quelqu'un sonna à la porte. Au milieu de l'après-midi, l'hypothèse du facteur était exclue. Peut-être des témoins de Jehova ? Ce serait amusant. Revigorée à l'idée de rencontrer quelqu'un et, éventuellement, de pouvoir insulter quelque colporteur de fausses croyances, Eve se leva et se dirigea pesamment vers la porte. Que son corps était lourd ! Et dire que certaines femmes trouvaient la grossesse épanouissante. La sonnette retentit une seconde fois. « J'arrive », cria Eve, un peu agacée. Elle finit par ouvrir la porte et découvrit la silhouette d'un homme qu'elle n'eut pas le temps de reconnaître avant de perdre connaissance.

« Il est là-bas, c'est le type avec les baskets bleues. Mais je vous préviens, c'est un original ».

Adam remercia Anna. Il passait tellement de temps à l'hôpital qu'il connaissait chaque agent d'entretien par son prénom. Jusqu'ici, c'était peut-être ce qu'il avait accompli de plus utile dans son enquête. Quelle brillante idée il avait eue ! Enquêter sur l'immaculée grossesse de sa sœur. Mais qu'espérait-il ? Qu'une vaste conspiration visant à inséminer à leur insu des femmes dans le coma allait se révéler ? Adam passait la moitié de son temps à se plaindre intérieurement de la stupide décision qu'il avait prise. Et l'autre moitié à interroger des employés de l'hôpital en n'obtenant pas la moindre information intéressante.

Il soupira et se dirigea vers l'homme aux baskets bleues. C'était un aide-soignant qui travaillait dans le service où Eve avait passé le plus clair de son temps dans le coma. C'était d'ailleurs par le haut du panier qu'Adam avait entamé son enquête. Le directeur, les médecins, le chef du service, il avait cuisiné tout le monde, et s'était même permis quelques petits scandales du genre « comment avez-vous pu ne pas voir que ma sœur était enceinte ? » La réponse avait été rapide : plusieurs personnes étaient dans le secret et avait délibérément caché cette information aux autres. La priorité ayant été le bon rétablissement d'Eve, la connaissance de sa grossesse n'avait pas paru d'une importance capitale. Cela rendit Adam fou de rage, mais l'essentiel, pour lui, était ailleurs. Comment sa sœur s'était-elle retrouvée enceinte ? A cela, son gynécologue, son obstétricien et tous les autres médecins lui avaient fourni la même réponse : la conception aurait eu lieu peu de temps après son réveil, et elle aurait inventé cette chambre blanche pour cacher l'identité du père. Peut-être même s'était-elle convaincue de la véracité de cette histoire.

Retour donc à la case départ pour Adam qui, depuis trois jours, pataugeait, se baladait d'infirmières en aides-soignants, de médecins en agents d'entretien, sans obtenir le début d'une piste.

Arrivé à sa hauteur, il salua l'homme aux baskets bleues. De sa quarantaine d'années se dégageait quelque chose de malsain. Adam mit immédiatement cela sur le compte de sa volonté farouche de trouver quelque chose. L'aide-soignant ne mesurait pas plus d'un mètre soixante-cinq, était franchement chétif et arborait un début de calvitie. Il avait des yeux creux, ce qui accentuait la longueur de son nez. Une barbe de trois jours et de petites lèvres fines venaient compléter un tableau bien peu flatteur.

« Excusez-moi, lui lança Adam. Je ne veux pas vous déranger, mais j'ai une question ou deux à vous poser.

Le type se recula légèrement et le regarda comme une bête curieuse.

- Vous êtes flic ?, répondit le petit aide-soignant, d'une voix faible et nasillarde.
- Pas du tout, je cherche simplement quelques renseignements. Il y a plusieurs mois, ma sœur a été hospitalisée dans ce service. Elle est restée longtemps dans le coma. Eve Duval ? Vous vous souvenez ?

Le type ne cachait pas sa méfiance. Il regardait Adam de haut en bas, une grimace crispée sur la bouche. Machinalement, il attrapa un des nombreux stylos qui pendait de sa poche de blouse et se mit à le tripoter.

- Ouais, je me souviens d'elle, répondit-il. Vous voulez savoir quoi ?
- Eh bien voilà, ça va vous paraître curieux, mais ma sœur est sortie de cet hôpital enceinte. Et elle prétend ne pas savoir qui serait le père. Je sais que c'est idiot, mais vous n'auriez pas vu ou entendu quelque chose à ce sujet ?

Adam faisait de son mieux pour paraître aimable et avenant, mais le type face à lui n'y mettait pas vraiment du sien. Il semblait, d'ailleurs, réagir étrangement à la question. Ses yeux avaient cessé de se balader de haut en bas pour se poser fixement sur ceux d'Adam. Il ne clignait pas. Il ne bougeait pas. L'aide-soignant semblait attendre quelque chose, mais ne répondait pas. Une lueur particulière passa dans son regard.

Soudain, tout alla très vite. Un plateau de métal se renversa à l'autre bout du couloir. Adam tourna la tête pour voir d'où provenait le son. Le petit homme en profita pour saisir son stylo et le lui enfoncer violemment dans la cuisse. Adam hurla de douleur et ne put empêcher l'aide-soignant de prendre la fuite. Paralysé par la douleur, il s'effondra. Le sang coulait de la plaie et souillait son pantalon. Pourtant, lorsque quelqu'un lui vint enfin en aide, Adam souriait : enfin, il avait une piste…

Depuis quelques temps, Chloé prenait beaucoup sur elle. Son mari semblait parti dans une croisade insensée pour découvrir le fin mot de l'histoire dingue d'Eve. Adam lui avait raconté l'essentiel du récit de sa belle-sœur, et Chloé arriva à une conclusion évidente : Eve avait besoin d'aide. Pas une simple consultation toutes les deux semaines, non. Il fallait qu'elle soit admise dans un établissement spécialisé. Et vite.

Dans la situation actuelle, il aurait été inconcevable de reprocher son attitude à Adam. Chloé ne voyait pas la vie de couple comme cela. Son époux traversait une période sombre, et rien n'interdisait qu'elle soit la prochaine. Et alors, elle serait heureuse de pouvoir compter sur son soutien. Mais, en attendant, c'était bien elle qui allait chercher les enfants chez la voisine. Eve avait insisté pour garder les petits avant leurs retours du travail, mais Adam lui avait dit qu'elle devait se reposer. La vérité était que Chloé refusait de laisser Gaëlle et Victor seuls avec leur tante.

La période voulait donc qu'elle s'occupe plus ou moins de tout. C'était elle qui ferait la cuisine, contrôlerait les devoirs des enfants et les mettrait au lit. Non, la situation n'était pas agréable. Et Chloé espérait de toutes ses forces qu'elle ne durerait pas.

Elle gara sa petite voiture devant sa porte et soupira, lassée par une journée de travail déjà très fatigante. Chloé aimait ses enfants plus que tout, mais certains soirs, elle les débrancherait volontiers.

Elle sortit de son véhicule et se dirigea dans la maison voisine. Adam et elle vivaient dans la rue depuis six ans et s'étaient très bien intégrés dans la petite communauté. Si bien qu'à diverses occasions, ils pouvaient compter sur leur voisine, madame Stevens, pour passer prendre Gaëlle et Victor à l'école et les garder jusqu'au soir. Rien ne lui faisait plus plaisir, à vrai dire. Madame Stevens était la bonté faite femme. Un mètre cinquante-cinq d'énergie, de sourires et de bavardages. Elle avait vécu les soixante premières années de sa vie dans son Pays de Galles natal, mais était tombée amoureuse de la région lors de vacances. Aussi, libérée des contraintes professionnelles et veuve depuis bien longtemps, madame Stevens décida de s'installer dans le sud-ouest de la France pour sa retraite. Pour le plus grand bonheur de Chloé et Adam, grands bénéficiaires d'une nounou à moindres frais et d'une voisine délicieusement agréable.

Décidée à ne pas faire durer les choses et à rentrer le plus vite possible, Chloé frappa trois coups secs. A travers la porte, elle entendit la voix puissante de madame Stevens se rapprocher avant, finalement, d'ouvrir.

« Oh, Chloé ! Entrez donc !

La petite retraitée parlait toujours très fort, avec un accent digne des meilleurs stéréotypes.

- Bonsoir madame Stevens, répondit-elle, accentuant volontairement sa fatigue. Je suis désolée, je ne peux pas rester. Je suis un petit peu pressée. Les enfants sont prêts ?

Ne cachant pas sa déception, la vieille britannique esquissa un sourire poli et appela Gaëlle et Victor.

- A propos, je vois que la sœur d'Adam va mieux ?, lança-t-elle innocemment, afin de meubler l'attente.

Chloé leva un sourcil de surprise. Après tout, que pouvait bien savoir madame Stevens des soucis d'Eve, en dehors des nécessaires commérages ?

- Qu'est-ce qui vous fait dire ça ?, demanda-t-elle.
- Oh, rien. Enfin, pas grand-chose. Vous savez, les vieilles personnes comme moi, on

observe un peu, on regarde les choses passer, on s'intéresse aux gens, vous voyez ?

Chloé voyait très bien, elle qui remarquait chaque matin la silhouette de sa voisine derrière ses rideaux. D'un signe de tête, elle lui indiqua de poursuivre.

- La sœur d'Adam, elle est arrivée, on voyait qu'elle n'allait pas bien. Et puis, après, on ne la voyait plus. Elle ne sortait jamais. Alors, du coup, je me dis que ça va mieux.

Chloé restait perplexe. Derrière madame Stevens, elle aperçut ses enfants entrer dans le hall et enfiler leurs manteaux.

- Je suis désolée, finit-elle par dire sur un ton désabusé, je ne vois pas ce que vous voulez dire.
- Je parle du monsieur qui est passé la chercher aujourd'hui. Je trouve ça très bien qu'elle sorte, vous savez. Je ne connais pas ses problèmes, mais il faut toujours prendre l'air, voilà ce que je dis ».

Gaëlle et Victor passèrent devant leur voisine et vinrent embrasser leur mère. Celle-ci salua et remercia madame Stevens, laquelle resta sur le pas de sa porte, sans doute pour s'assurer que la petite famille parcourrait sans encombre les dix mètres qui les séparaient de sa propre maison.

Chloé enfonça sa clé dans la serrure et tourna dans le vide. Il lui fallut plusieurs secondes pour réaliser que la porte était déjà ouverte. Ce n'était pas dans les habitudes d'Eve. La lumière du salon était toujours allumée, la télévision aussi. Chloé appela deux fois mais n'obtint aucune réponse. Quelque chose s'était passé. Après avoir vérifié de visu que la maison était bien déserte, elle sortit son téléphone et appela Adam.

Après un examen approfondi, il s'avéra que sa blessure n'était que superficielle. Beaucoup de sang pour rien, en somme. Pourtant, la douleur était particulièrement vive lorsqu'il se leva. Un médecin lui suggéra même de ne pas prendre le volant. Un conseil qu'Adam ignora superbement.

Il était plus de 19 heures lorsqu'il quitta enfin l'hôpital. Chloé serait déjà rentrée. Et Eve ne ferait encore rien pour l'aider, ni avec la cuisine, ni avec les enfants. Il fallait qu'il se dépêche s'il voulait éviter que sa sœur et sa femme n'en viennent aux mains. La tension était encore montée d'un cran la veille, lorsqu'Eve fit remarquer à Chloé que son poulet à la moutarde aurait gagné à être un peu plus grillé. La volaille en question fut à deux doigts d'atterrir dans la tête de sa sœur. La situation était pénible pour son épouse, il en était conscient. Voilà qui rendait son suspect du jour plus important encore. Il devait découvrir la vérité au plus vite.

Lorsqu'Adam arriva devant chez lui, sa cuisse lui faisait atrocement mal et le sang avait fini par percer son pansement pour maculer à nouveau son pantalon. Sans trop y croire, il espérait une soirée et une nuit tranquilles. Au moment de sortir de sa voiture, son téléphone sonna.

« Allô ?

- Adam, c'est Chloé. Tu es où ?

Ce dernier ouvrit la porte et tomba nez à nez avec sa femme. Il raccrocha avec un sourire.

- Juste ici.

De toute évidence, Chloé n'était pas d'humeur à plaisanter. Dans un geste d'agacement, elle rangea son téléphone.

- Tu sais où es Eve ?, demanda-t-elle, peinant à cacher son inquiétude.

- Elle n'est pas là ?

Chloé ne gratifia pas cette remarque d'une réponse, mais plutôt d'une moue consternée.

- Non, je ne sais pas où elle est. Je la croyais ici toute la journée.

Chloé se mit à se ronger les ongles, mauvaise habitude qui ne la prenait qu'en cas de grande inquiétude.

- Elle est peut-être simplement allée faire un tour, hasarda Adam, étonné par l'attitude de sa femme.

- Non, non non non, bredouilla celle-ci. Quand je suis rentrée, la lumière du salon et la télé étaient encore allumées.

Adam écarquilla les yeux, prenant enfin conscience de la gravité de la situation. Il se mit à faire les cent pas, impuissant. Eve n'avait pas de téléphone portable et il ne voyait pas vraiment où elle aurait pu aller. Chez Jennifer ? Il n'avait ni son adresse, ni son numéro, même s'il aurait pu se les procurer.

- Et il n'y avait pas de mot ? Rien ?, demanda Adam, en désespoir de cause.

Chloé sursauta, se souvenant soudain d'un détail.

- Madame Stevens !, lâcha-t-elle.
- Oui, et bien quoi madame Stevens ?
- Elle a dit qu'un homme était passé chercher Eve. Sur le coup, je me suis dit qu'elle était allée faire un tour avec un ami à elle, ou quelque chose comme ça.

Adam fit immédiatement demi-tour et ouvrit la porte d'entrée.

- Eve n'a aucun ami », lança-t-il par-dessus son épaule.

Quelques secondes plus tard, de violents coups retentirent contre la porte de madame Stevens. Celle-ci contrôla l'identité de l'importun qui osait la déranger pendant le tirage du loto, mais ouvrit avec un grand sourire.

« Adam, comment allez-vous ? Qu'est-ce qui...

- -... Bonsoir madame Stevens, la coupa-t-il. Je m'excuse de vous déranger si tard, mais j'ai besoin de votre aide. Chloé m'a dit que vous aviez vu ma sœur partir avec un homme aujourd'hui ?
- Oui oui, tout à fait. C'est très bien d'ailleurs qu'elle voit des gens cette petite. Il faut prendre...
- -... Madame Stevens, l'interrompit à nouveau Adam, chaque détail est important. Quelle heure était-il ? Est-ce que vous vous souvenez du visage de cet homme ? Ou du modèle de sa voiture ? N'importe quoi !

La vieille Galloise pencha la tête et fixa le sol dans une posture de réflexion. Après quelques secondes, elle posa son regard sur Adam, le visage peu convaincu.

- Il devait être autour de 15 heures 30. Le monsieur était de taille moyenne, brun, pas beaucoup de choses qui le feraient sortir de l'ordinaire. Et la voiture, elle était noire. Mais les modèles, moi, vous savez...

Adam essayait de relativiser. Après tout, peut-être Eve était-elle vraiment sortie avec un ami. Mais il ne croyait pas vraiment en cette hypothèse et madame

Stevens l'agaçait profondément. Il ne savait pas s'il devait secouer sa voisine ou laisser tomber. Mais elle constituait sa seule source d'information.

- Et ma sœur ?, poursuivit-il nerveusement. Est-ce qu'elle avait l'air d'être emmenée contre sa volonté ? Est-ce qu'elle souriait ?
- Ça, je ne sais pas, monsieur Adam. Quand je les ai vus tous les deux, ils étaient déjà assis dans la voiture. Je n'ai pas bien vu son visage. Je suis désolée de ne pas pouvoir vous aider. J'espère que rien de grave ne s'est passé…
- Non, ça va, murmura Adam, l'esprit ailleurs.

Il devait avoir oublié quelque chose. Un indice, n'importe quoi. Face à lui, la pauvre madame Stevens avait l'air vraiment contrariée.

- Je suis désolée, répéta-t-elle. Je ne suis qu'une vieille dame qui passe sa journée à regarder par la fenêtre. Tous les gens se ressemblent pour moi. Et toutes les voitures aussi. D'ailleurs, c'est pour ça que je note toutes les plaques d'immatriculation. Pour m'occuper, vous savez ?

Adam regarda la vieille dame d'un air ahuri. Il se pinça entre les yeux et expira profondément.

- Madame Stevens, articula-t-il le plus calmement possible, est-ce que, par hasard, vous auriez le numéro d'immatriculation de la voiture dans laquelle ma sœur est montée ?

La Galloise haussa les épaules comme pour pointer une évidence.

- Bien sûr. Vous le voulez ?

Les mains sur les yeux, tremblant de fureur autant que de gratitude, Adam respira un grand coup avant de répondre, d'une voix fébrile.

- Oui, s'il-vous-plaît.

Le laissant à ses sentiments contradictoires, madame Stevens s'éclipsa quelques instants et revint avec un carnet à la main.

- Je ne suis pas sûre que cela vous serve à grand-chose, mais le voici.

Adam s'empara du carnet et s'éloigna de quelques mètres. Il sortit son téléphone et composa un numéro. La conversation ne dura pas longtemps. Il passa un second coup de fil, un petit peu plus long. Sur le pas de sa porte, madame Stevens se frottait les bras, trahissant sa nervosité. Il lui avait fallu tout ce temps pour réaliser la gravité de la situation.

Lorsqu'il revint vers elle, Adam avait le visage livide. Il lui rendit son carnet.

- Merci.

- De rien, monsieur Adam. Je suis désolée de ne pas pouvoir plus vous aider. »

Mais celui-ci ne l'écoutait déjà plus et avait repris le chemin de son domicile. Le véhicule qui avait emmené Eve appartenait à la préfecture. Il en avait eu la confirmation auprès de ses propres services. En revanche, aucune voiture n'était supposée être en circulation aux alentours de 15 heures 30. Si l'une d'elles avaient été aperçue, il devait s'agir d'une erreur ou d'une utilisation frauduleuse. Adam avait insisté et quelques-uns de ses contacts affirmèrent avoir bien vu un véhicule quitter la préfecture dans l'après-midi. Mieux, la personne au volant était facilement identifiable. Adam eu la nausée en y repensant : il s'agissait d'Édouard, son chauffeur.

20

L'homme ne bougeait pas d'un pouce. Il regardait Eve depuis plus de deux heures. Comme elle était belle ! Il avait longtemps rêvé de cet instant et, même s'il avait dû modifier ses plans, rien n'aurait pu le rendre plus heureux. Bien sûr, il avait dû l'emmener chez lui en se passant de son consentement. Mais tout allait s'arranger. Il lui expliquerait et tout rentrerait dans l'ordre. Il n'avait qu'à attendre qu'elle se réveille. En espérant que l'autre ne les dérange pas.

Le véhicule fonçait à toute allure sur la nationale reliant L'Aulne à Toulouse. Et les pensées d'Adam filaient presque aussi rapidement. Les théories succédaient aux accès de colères qui succédaient à l'inquiétude. Que se passait-il exactement ? Il n'en avait pas la moindre idée. Mais pour en avoir le cœur net, la seule solution était de se rendre chez Édouard.

Chloé avait essayé de le retenir. Ça lui avait fait de la peine de la laisser seule, inquiète, livrée à ses propres hypothèses. Elle l'avait supplié d'appeler la police, de tenter de joindre son chauffeur par téléphone, n'importe quoi pourvu qu'il n'y aille pas seul. Cela n'avait pas suffi. Adam était parti, accompagné du pistolet qu'il gardait dans un coffre-fort, à l'étage.

En réalité, et il en était conscient, Adam était parti à l'aventure, sans le moindre plan, sans aucune idée de ce qui l'attendait. Son esprit lui montrait différentes options, mais aucune ne lui convenait. Peut-être sa sœur avait-elle vraiment été en contact avec une entité quelconque et Édouard essayait de s'approprier cette expérience ? Ou bien lui-même était le pion d'une espèce de machination, impliquant sa sœur et son chauffeur ? Aucune des hypothèses envisagées par Adam n'avait beaucoup de sens, et il n'avait ni les éléments, ni la lucidité pour faire la lumière sur cette affaire. Il disposait seulement du nom d'un aide-soignant aux baskets bleues dont le comportement avait été pour le moins agressif et suspect. C'était mince et, surtout, il ne voyait pas ce qu'Édouard venait faire là-dedans.

Depuis qu'il occupait le poste de directeur de cabinet du préfet, Adam n'avait pas spécialement abusé des avantages en nature mis à sa disposition. Il avait refusé le pourtant très beau logement de fonction auquel il avait droit. Chloé et lui étaient très heureux à L'Aulne et la perspective de vivre en plein centre de Toulouse n'était pas très séduisante. Quant à la « voiture de fonction avec chauffeur », il ne l'utilisait qu'avec une extrême parcimonie. Lors des longs déplacements ou quand il devait étudier un dossier en chemin. De tous ses collaborateurs, c'était sans doute avec Édouard qu'il avait le moins parlé. L'homme était terne, un peu fade et tout sauf avenant.

Finalement, Adam ne le connaissait pas. Il faisait son travail sans bruit, le saluait en arrivant et en repartant. Rien de plus, rien de moins. Il ne sociabilisait, a priori, avec aucun de ses collègues et ne faisait pas de vagues. Et c'était cet employé modèle qui était passé chercher Eve, avec ou sans son consentement. Comment diable en était-on arrivé là ?

Adam resserra ses mains autour du volant et accéléra encore un peu plus. Troublé, en colère mais par-dessus tout curieux.

Jennifer ouvrit les yeux et reçut immédiatement une puissante gifle sur le côté du crâne. Elle était attachée, les mains dans le dos. Dans sa bouche, un goût vaguement familier lui donna immédiatement envie de vomir. Celui du sang à demi coagulé, qui irritait sa gorge et obstruait sa respiration.

Elle leva les yeux et vit une petite pièce chichement meublée. L'infirmière essaya de repérer les sorties, mais il n'y avait que deux portes. La première était entrouverte et laissait apparaître l'extrémité d'un lit. La chambre. La deuxième issue devait donc être la porte principale du logement. La pièce dans laquelle elle se trouvait comportait une petite table avec une seule chaise pour l'accompagner, un canapé miteux, une grande télévision, un module de cuisine en métal, un réfrigérateur et quelques placards. L'appartement était une ruine, largement mansardée et d'une saleté à peine soutenable.

Jennifer secoua la tête et se trouva prise d'une migraine atroce. Souvenir sans doute du coup qu'elle venait de recevoir. Sa vue était encore engourdie, mais elle distingua au milieu de la pièce la silhouette d'un homme massif, vêtu d'un costume noir et d'une cravate rouge.

« Je suis où ?, demanda-t-elle, sa voix résonnant dans son crâne.

La silhouette s'avança vers elle et vint planter son visage pile devant le sien. Jennifer plissa les yeux pour se faire une idée plus précise de l'homme à qui elle faisait face.

- Je vous connais, bredouilla-t-elle. Je vous ai déjà vu à l'hôpital. Vous y êtes souvent.

L'homme ne répondit pas, mais ses yeux trahissaient une colère profonde. Jennifer était toujours à demi endormie et ses paroles faiblissaient mot après mot.

- Il a fallu que ce soit toi qui te réveille la première, siffla l'homme. Pourquoi est-ce tu fous toujours la merde, hein ?

Il ponctua sa phrase d'une autre gifle, qui atterrit sur la joue de Jennifer. Sous la violence du coup, le visage de l'infirmière se tordit complètement sur le côté. Ses yeux mi-clos et son état comateux ne l'empêchèrent pas de distinguer, un peu derrière elle, le corps d'une autre personne, elle aussi attachée à une chaise.

- Qu'est-ce que je fais ici ?, demanda-t-elle, toujours aussi faiblement. C'est qui l'autre, là-bas ?

Son autre joue reçut un coup elle aussi. L'homme semblait habité d'une rage incontrôlable et ne se retenait absolument pas. Jennifer, au bord de l'évanouissement, respira profondément. Elle n'était pas sûre de pouvoir résister à un coup de plus.

- Ce n'est pas l'autre!, hurla l'homme, menaçant à chaque instant de la tuer de ses mains. C'est toi l'autre! D'ailleurs non, tu n'es même pas une personne. Tu es un animal. Une chienne ! C'est ça : tu es une chienne !

Il tourna les talons et s'essuya la bouche. La pièce était très chaude et c'était probablement la première fois que trois personnes y mettaient les pieds en même temps. Le type avait dû avoir toutes les peines du monde à traîner deux corps inconscients jusqu'ici.

Pendant que Jennifer retrouvait ses esprits, l'homme s'était approché de l'autre corps et lui parlait doucement. Des paroles indistinctes. L'infirmière essaya de se tourner pour apercevoir un visage, mais n'y parvint pas.

- Est-ce que vous pouvez me dire ce que je fais là ?, demanda Jennifer, le plus poliment possible.

L'homme revint face à elle, son visage presque collé au sien. Son hygiène laissait nettement à désirer.

- Tu es là parce que tu te mêles de ce qui ne te regarde pas, répondit l'homme, d'une voix moins violente, mais peut-être plus effrayante encore. Tu es infirmière, Jennifer. Tu dois soigner tes patientes, pas faire copine-copine avec elles. Tu as fait la maline, tu as voulu la voler et maintenant, tu es là. Alors tu fermes ta gueule et tu attends. »

L'homme la bâillonna solidement et retourna auprès de l'autre personne. La peur empêchait Jennifer de penser normalement, mais elle essaya néanmoins. Il avait fait allusion à ses patientes et à une amitié. Naturellement, cela la menait à Eve. D'autant qu'avec le meurtre d'Ahmed et le type qui la surveillait, le seul danger dans sa vie ne pouvait venir que d'elle. Eve aurait engagé ce type pour la séquestrer et la cogner ? Non ça paraissait trop extrême, même pour elle.

Bien que terrifiée par son geôlier, Jennifer essaya de tendre l'oreille pour comprendre ce qu'il marmonnait à l'autre personne, toujours silencieuse ou inconsciente jusque-là. A sa grande surprise, tout ce qu'elle perçut fut « ça va aller maintenant ». La situation était totalement dingue ! Quel genre de cinglé kidnappe quelqu'un pour lui souffler des mots de réconfort ? C'était peut-être même un cadavre, après tout !

A l'instant précis où Jennifer se fit cette remarque, un gémissement émergea de cette deuxième personne. L'homme émit un son de satisfaction, à mi-chemin du grognement et du cri de joie.

« Eve, mon amour, enfin tu te réveilles ».

La première chose qui la marqua fut la puanteur. Une odeur âcre, vive, presque brûlante. Comme si quelque chose pourrissait à deux centimètres de son visage. Elle essaya de se pincer le nez, mais trouva ses mains liées.

Eve ouvrit finalement les yeux et ne vit qu'une succession d'ombres floutées. Face à elle, une tête prenait doucement forme. Petit à petit, à mesure qu'elle se réveillait lourdement, elle fut en mesure de distinguer des traits masculins et un sourire.

« Tu as beaucoup dormi, mon ange.

Le visage venait de s'adresser à elle d'une voix rauque. Il l'avait appelée « mon ange ». Personne ne l'avait jamais appelée comme ça. Où était-elle bon sang ? Et pourquoi était-elle attachée ?

Dans un geste qu'elle regretta aussitôt, Eve se secoua la tête afin de retrouver ses esprits. Elle ne récolta qu'une douleur atroce à l'intérieur de son crâne. Il lui était impossible d'avoir un aperçu correct de l'endroit où elle se situait. Sa chaise faisait face à un mur mansardé, avec une simple lucarne fermée au-dessus d'elle. Tout ce qu'elle savait de cet endroit était qu'il n'avait jamais dû être lavé.

- Tu n'es pas encore bien réveillée, dit l'homme avec une forme de chaleur dans la voix. Je vais te laisser quelques secondes.
- Où... Je suis où ?, articula péniblement Eve.

Elle n'avait toujours pas pu voir distinctement l'homme qui, de toute évidence, la maintenait captive. Et celui-ci sortit vivement de son champ de vision, ne lui laissant qu'un mur blanc-gris à contempler.

- C'est quoi votre problème avec la géographie ?, claqua l'homme, soudain en colère. On s'en fout d'où on est.

Il réapparut devant Eve aussi vite qu'il était parti, la faisant sursauter.

- L'important, c'est qu'on soit ensemble.

L'homme lui avait saisi la main en prononçant ces mots et vint planter son visage à quelques centimètres de celui de sa captive. Son haleine était tout simplement fétide et ajoutait encore un peu plus à l'inconfort olfactif de la pièce. Prenant sur elle, Eve leva les yeux et reçut un choc terrible : elle connaissait cet homme !

- Je vous reconnais, bredouilla-t-elle, apeurée et engourdie. Je vous ai déjà vu !

Loin d'être effrayé par cette révélation, le geôlier sourit, révélant une joie sans pareil et une dentition suspecte.

- Mais bien sûr que tu me reconnais, lâcha-t-il, dans un petit rire extatique. C'est moi, Édouard !

Eve demeura figée. Ce type était, de toute évidence, complètement fou. Il avait l'air de la considérer comme l'amour de sa vie, mais son accès de colère précédent montrait qu'il pouvait dégénérer à tout instant. A cette pensée, Eve déglutit et ressentit un frisson lui parcourir l'échine.

- Vous étiez à l'hôpital. Je vous ai vu à l'hôpital.
- Oui, oui, acquiesça Édouard, une immense sourire aux lèvres. Je suis venu te rendre visite souvent.
- Non, pas en visite. Je vous ai vu dans la salle de loisirs. Quand je faisais mes recherches sur Internet. Et je vous ai revu dans le hall quand je suis allé à mon rendez-vous. C'est vous qui me suivez, c'est ça ?

L'homme ne cacha pas son embarras face à la question. Il recula et s'appuya contre le mur, les mains dans les poches.

- Je ne sais pas quoi te répondre, Eve. Il fallait que je te voie. Pendant des mois et des mois, on s'est vus tous les deux, on discutait parfois toute la nuit et d'un coup, pouf, plus rien. Je ne pouvais pas rester sans nouvelle de toi. Tu comprends ?

Eve écoutait Édouard, les yeux écarquillés et la bouche à moitié ouverte. Il était encore plus cinglé qu'elle ne l'aurait cru. Des discussions toute la nuit ? Pendant des mois ? Ce type était dingue.

- Mais tout ça, c'est à cause d'elle, déclara subitement l'homme, pris d'un nouvel accès de colère.

Joignant le geste à la parole, il retourna violemment la chaise et une Jennifer en pleurs et bâillonnée apparut sous les yeux d'Eve. Partagé entre colère et effroi, celle-ci laissa échapper un petit cri et une larme vint perler au coin de son œil. Édouard, lui, toujours en colère, vint se placer à côté de l'infirmière et la pointa du doigt.

- C'est cette salope qui nous a éloignés l'un de l'autre, quand elle t'a forcée à aller vivre avec elle. Mais je te voyais moi, je te voyais, je te surveillais. Je veillais à ce que personne ne vienne t'embêter. Comme tous ces tarés qui sont venus t'embrouiller la tête.

Édouard baissa un peu les yeux. Son regard était froid, glacial. Il semblait perdu dans ses pensées.

- J'ai dû envoyer un message. Leur montrer qu'il fallait arrêter de venir te faire chier. Alors j'en ai attrapé un et je lui ai montré qu'on ne jouait pas avec les gens comme ça. Je voulais juste lui faire peur, mais il a voulu faire le malin. Alors ça a mal fini pour lui. Je l'ai cogné, et cogné, et cogné. Il a trop voulu résister, cet enfoiré.

Sous les yeux terrifiés des deux jeunes femmes, l'homme semblait en état second, rejouant la scène en mimant les coups de poings et de pieds. Eve était tellement pétrifiée qu'elle ne sentit même pas les larmes couler abondamment sur ses joues. Qu'allait-il leur arriver ? La situation lui échappait totalement et il était impossible de réfléchir dans de telles conditions.

- Mais depuis, t'es tranquille, hein ?, finit par dire Édouard, reprenant son sourire jovial. Tu es tranquille chez monsieur Duval, au calme, en sécurité.
- Monsieur Duval…, murmura Eve.

Et soudain, tout devint clair dans son esprit. Elle savait bien qu'elle connaissait cet homme, qu'elle l'avait vu quelque part. Et maintenant, elle se souvenait.

- Édouard, murmura-t-elle, vous êtes le chauffeur de mon frère, c'est ça ?

Celui-ci sembla surpris et outré de la remarque d'Eve. Il s'approcha un peu d'elle.

- Non, claqua-t-il soudainement. Enfin, si. Je veux dire… Je suis le chauffeur de monsieur Duval, mais je suis beaucoup plus pour toi, tu comprends ? Attention, j'aime mon métier, et c'est grâce à lui que je t'ai rencontrée, mais... Enfin tu vois bien... Je suis avec toi, maintenant.

- Non justement, bafouilla Eve, le visage empli de larmes, reniflant bruyamment tous les deux mots. Non, je ne vois pas Édouard ! Je ne me souviens même pas de vous avoir parlé ! Je vous ai juste vu avec Adam deux ou trois fois, c'est tout ! Pourquoi vous me parlez comme si j'étais votre fiancée ou un truc dans ce genre ?

Édouard sembla frappé par la foudre. Il recula d'un pas et son visage de décomposa à vue d'œil. Sa lourde carcasse flanchait, sa tête penchait dangereusement et le tout menaçait de s'écrouler à chaque balancement.

Puis soudain, comme retrouvant un second souffle, il se tint la poitrine et releva la tête. Son expression avait radicalement changé. Ses yeux crachaient désormais des éclairs et sa fureur était palpable. Il se redressa lentement et se dirigea vers un des placards. Eve regarda Jennifer, laquelle ne la quittait pas des yeux, silencieusement terrifiée.

Édouard revint vers elles, toujours aussi enragé, et accéléra le pas. Il se planta à côté de l'infirmière et regarda Eve, immobile et menaçant.

- Tu te souviens pas, hein ?, lâcha-t-il, tout en colère contenue. Tu te rappelles pas de nos discussions ? De mes visites nocturnes ? De mes déclarations d'amour ? Tu ne te rappelles de rien ? Hein ?

Ses mots étaient montés crescendo pour finir en hurlements aigus. Eve et Jennifer fermaient les yeux et pleuraient, plus effrayées que jamais par la colère, la carrure et le déséquilibre absolu de l'homme qui les avaient kidnappées et attachées.

Édouard serra les dents et une drôle de grimace s'échappa de son visage. Soudain, il tira un couteau de l'arrière de son pantalon et vint le placer sur le cou de Jennifer. Celle-ci hurla à travers son bâillon.

- C'est elle qui t'a lavé le cerveau, hein ? Ça a toujours été elle, de toute façon. Tu ne vois pas que c'est le principal obstacle entre nous ? Elle te veut pour elle toute seule. Elle voit à quel point tu es spéciale. Moi aussi, je le vois. Mais tu m'as choisi. Moi ! Tu te souviens ?

Eve était pétrifiée, incapable de réfléchir, de sortir un son ou d'esquisser un mouvement. Elle était spectatrice impuissante du délire d'Édouard. Celui-ci maintenait, d'une main tremblante, la lame sur le cou de Jennifer. Il fixait Eve, attendant fébrilement une réaction de sa part.

- C'est ça hein ?, poursuivit-il, criant toujours plus fort. C'est elle qui t'a fait oublier, c'est ça ?

Eve demeura immobile et totalement passive lorsque, frustré de n'obtenir aucune réponse, Édouard tira la tête de Jennifer en arrière et lui ouvrit la gorge d'un geste lent et sûr. Un flot de sang s'écoula sur le corps convulsant de l'infirmière et une partie vint s'échouer sur le sol. Eve hurla de toutes ses forces face à l'horrible scène. Jennifer avait essayé de crier jusqu'au bout, mais tout ce qui restait d'elle n'était qu'une dépouille sanguinolente reposant attachée sur une chaise. A aucun moment son meurtrier ne l'avait regardée, ni lorsqu'il la menaçait, ni lorsqu'il l'égorgea. Et même maintenant qu'elle était morte, Édouard ne lui accordait pas plus de considération.

Il gardait les yeux rivés sur Eve, rien que sur Eve, et s'approchait d'elle, le couteau toujours entre les mains.

- Elle te faisait du mal, lui dit-il avec un calme déroutant dans la voix. Maintenant il n'y a plus que toi et moi. Ensemble. Pour toujours.

Édouard tenta de prendre la main d'Eve pour l'embrasser mais, avec le peu de latitude que ses liens lui laissaient, celle-ci essaya de se dégager. Les lèvres pincées et les joues toujours ruisselante, Eve tournait la tête sur le côté, savourant chaque centimètre qui la séparait de ce monstre qui prétendait l'aimer. Curieusement, il ne se mit pas une énième fois en colère face à l'attitude de sa captive.

- Ne t'inquiète pas, murmura-t-il à l'oreille d'Eve, sa main ensanglanté lui caressant les cheveux. Tu vas te souvenir. Tu vas te rappeler comme on était heureux tous les deux.

Sa voix, son odeur, son attitude presque schizophrénique, c'en fut soudain trop pour Eve. Mue par un dégoût plus fort encore que son envie de survivre, elle tourna vivement la tête et mordit le plus fort possible la lèvre inférieure d'Édouard. Surpris, le chauffeur hurla sauvagement et ne parvint à se dégager qu'en laissant une partie de chair considérable entre les dents d'Eve. Il recula de plusieurs pas et se prit les pieds dans ceux, froids et inanimés, de Jennifer. Son corps tomba lourdement, faisant trembler le sol et lui arrachant un autre cri rauque. Dans la chute, le couteau alla mourir dans un coin de la pièce.

Fière de sa réaction, Eve recracha son butin et regarda sa victime avec un petit sourire. Ce monstrueux assassin, ce psychopathe, cette énorme brute qui l'avait tant terrifiée, se roulait par terre et pleurait misérablement. Cette image enleva toute angoisse en Eve, laquelle se mit à rire nerveusement.

La scène était surréaliste. Dans la petite pièce vétuste, un homme de plus de 100 kilos pleurait sur le sol, couvert de son sang et de celui de la femme qu'il venait d'assassiner. Sa victime gisait attachée sur une chaise, tandis qu'à deux mètres de là, une autre captive éclatait d'un fou rire face à la douleur de son geôlier.

Après un long moment, Édouard se releva, rouge de sanglots, de honte et de colère. Il considéra Eve un instant, mais semblait incapable de prononcer un mot. Ce fut elle qui brisa le silence.

- Tu es un psychopathe. Tu m'entends ? Un psychopathe et un meurtrier. Tu as tué Ahmed et Jennifer. Et peut-être d'autres encore. Tu es un monstre et jamais, jamais je ne pourrais t'aimer. Tout ce que tu t'imagines entre nous se passe dans ta tête. Tu me dégoûtes, tu me donnes envie de vomir. Rien qu'à te regarder, j'ai la nausée.

Pour la seconde fois en quelques minutes, Édouard se mit à pleurer. Mais ces sanglots-ci n'étaient pas violents. Juste des gouttes sillonnant sur ses joues. Il ne prit même pas la peine de les cacher et gardait ses yeux braqués sur Eve. Lentement, il s'approcha d'elle. Il avait l'air d'un homme brisé et, si elle ne le haïssait pas autant, Eve l'aurait presque pris en pitié. Arrivé devant elle, Édouard se pencha très légèrement vers l'avant. Il ne l'avait pas quittée des yeux un seul instant et resta quelques secondes ainsi, à la considérer. Au bout d'un moment, il posa sa main sur le ventre d'Eve, le regarda brièvement et replongea son regard dans celui de sa prisonnière.

- Je te dégoûte, hein ?, souffla-t-il d'une voix faible et chevrotante. Alors dis-moi, d'où crois-tu qu'il vient, cet enfant ? »

Les yeux et la bouche d'Eve s'ouvrirent, mais rien n'en sortit. Un long silence s'installa, durant lequel Édouard alla du côté de l'évier pour nettoyer sa plaie. Au bout de plusieurs longues minutes, Eve n'avait toujours pas bougé d'un cil. Son regard restait dans le vide et sa bouche, jusqu'ici figée, se mit à répéter, encore et encore : « C'est impossible. C'est impossible ».

L'immeuble semblait propre et calme, vu de l'extérieur. Après tout, Édouard était plutôt bien payé. Les rues étaient silencieuses, la ville dormait tôt en semaine. Adam regarda sa montre : il était 21 heures.

Son trajet lui avait offert un répit physique, mais pas nerveux. A ce stade, il n'en savait pas plus, mais les hypothèses se multipliaient dangereusement. Adam n'était sûr que de sa résolution, et il en fit la démonstration en entrant en trombe dans le bâtiment. La boîte à lettres indiquait qu'Édouard vivait au dernier étage.

Arrivé au sommet de son ascension, Adam ne sentit pas la douleur dans ses cuisses ni son souffle court. Toute son attention était focalisée sur la porte à laquelle il faisait face. Il ne savait pas comment gérer la situation. Il ne savait même pas s'il devait frapper ou entrer l'épaule la première. Sa main tremblante vint se poser sur la crosse de son revolver, coincé à l'arrière de son pantalon. Une manière de se rassurer. Adam avait hâte d'en découdre, mais il n'en demeurait pas moins terrifié.

Après une profonde inspiration, il choisit l'option la plus civilisée et la plus prudente. Imitant les films policiers, à défaut de toute expérience, il frappa énergiquement à la porte et se décala immédiatement dans l'escalier. Son métier était d'anticiper les événements, et il refusait de se prendre une balle à travers une porte par négligence.

Après une dizaine de secondes, qui parurent comme autant d'années, la serrure se déverrouilla. Adam agrippa son arme sans la déloger de son emplacement et attendit. A sa grande surprise, il vit le visage d'une vieille dame dépasser de l'encadrement de la porte. Stupéfait, mais toujours aux aguets, Adam s'approcha avec une superbe sourire de façade.

« Bonsoir madame, pardonnez-moi de vous déranger à une heure si tardive. J'ai dû me tromper d'adresse. Je cherche Édouard...

- Ah ce saligaud !, grogna la locataire. Il me fait encore un boucan de tous les diables !

- Pardonnez-moi, madame. Vous voulez dire qu'Édouard habite bien ici ?

La vieille dame le regarda comme s'il avait une perruque et un nez rouge.

- Édouard ? Ici ? Mais vous êtes fou mon pauvre ami ! Jamais je ne pourrais vivre avec ce gros sac ! Il habite dans les combes aménagées. C'est le seul logement qu'il pourrait s'offrir ici ! Dites donc, vous êtes policier vous ?

Adam leva un sourcil devant la curieuse personnalité qui lui faisait face.

- Encore une chose et je vous laisse tranquille, madame. Vous avez parlé de boucan tout à l'heure ? Je sais que je peux paraître curieux, mais je suis un cousin d'Édouard et on ne se voit pas très souvent. Je voulais lui faire une surprise, mais je ne voudrais pas déranger.

La physionomie de la vieille montrait qu'elle ne croyait pas un mot de l'histoire d'Adam.

- Ça lui arrive parfois, répondit-elle, l'air méfiant. On entend des « boum » et des « crac », comme s'il cassait son mobilier. Ça lui ferait plutôt du bien de passer la serpillère une fois de temps en temps. »

Adam remercia son informatrice, laquelle garda la porte ouverte afin de bien surveiller les faits et gestes de ce visiteur un peu trop tardif et beaucoup trop curieux.

Édouard habitait bel et bien au dernier étage. A proximité du logement de la vieille dame se trouvait une porte qui ressemblait davantage à un placard. Adam n'y avait pas prêté attention mais, lorsqu'il l'ouvrit, un long escalier vétuste se déroula face à lui. Il menait à une porte unique, elle aussi en piètre état. Le tout était assez étroit et Adam pensa qu'il devait être difficile pour quelqu'un avec la morphologie d'Édouard d'aller et venir tous les jours dans un si petit couloir.

La vieille avait parlé de bruit. Adam angoissait. Les marches grinçaient. Il craignait d'être repéré. Soudain, c'en fut trop. N'importe quel kidnappeur avec un peu de jugeote aurait l'œil rivé sur le judas pour surveiller s'il n'était pas suivi. Alors tant pis pour la discrétion, tant pis pour les plans et les actions réfléchies et re-réfléchies. Pour une des premières fois de sa vie, Adam agît de manière totalement impulsive et fonça. Il gravit les marches quatre à quatre et, arrivé au sommet, profita de son élan pour fracasser le bois pourri d'un violent coup de pied. La porte n'offrit aucune résistance et explosa en d'innombrables petits copeaux. L'adrénaline avait pris le dessus et dans un réflexe, là aussi emprunté aux séries télévisées policières, Adam entra dans l'appartement arme à la main, prêt à la pointer sur le torse d'Édouard.

Le spectacle qui s'offrit à lui était encore pire qu'il ne l'avait imaginé. Et il croyait avoir imaginé le pire.

La pièce était si petite qu'il n'eut aucune peine à localiser Édouard. Mais, contrairement à ses résolutions, il omit complètement de pointer son arme sur lui. Son chauffeur était assis dans un coin de la pièce, le visage, les mains et la chemise couverts de sang. Sa grosse carcasse laissait transparaître fatigue et tristesse. L'entrée littéralement fracassante d'Adam ne semblait pas l'avoir bouleversé. Il fixait le sol, apathique, les yeux vides.

Dans le coin opposé, Eve était assise sur une chaise, les mains attachées aux accoudoirs. La seule trace de violence qu'elle portait était l'impressionnant flot de sang semblant s'échapper de sa bouche. Elle aussi regardait le sol, les yeux tout aussi vides que ceux d'Édouard, et murmurait quelque chose en boucle. Son attitude laissait penser à un état de choc. Et pourtant, là encore, Adam n'alla pas la réconforter comme il l'avait prévu.

Non, ce qui l'occupa entièrement, ce qui monopolisa son attention pendant un long et pesant moment, c'était le corps sans vie de Jennifer, au milieu de la pièce. Comme Eve, elle était attachée à une chaise. Mais ce sang… Tout ce sang… Adam crut défaillir mais tint bon, accroché à l'idée qu'il fallait quelqu'un de lucide dans la pièce. Une fois la situation appréhendée et digérée, il leva maladroitement son arme vers Édouard et alla voir sa sœur.

Arrivé à sa hauteur, il la regarda dans les yeux et essaya de la sortir de sa torpeur.

« Eve ! Eve ! Tu m'entends ?

Impossible de savoir si c'était le cas, mais la jeune femme continuait de se pencher imperceptiblement d'avant en arrière, le regard planté dans le sol.

- C'est impossible... C'est impossible...
- Qu'est-ce qui est impossible ?, demanda Adam, avec tout le calme dont il était capable. De quoi tu parles Eve ? Qu'est-ce qui se passe ?

Mais sa sœur ne modifia en rien son comportement.

Dans ce genre de situation, la patience de tout un chacun atteint vite sa limite. Adam ne fit pas exception. Oubliant son sang-froid, il se redressa et marcha rapidement en direction d'Édouard. Il ouvrit la discussion d'un coup de pied dans le ventre. Coup qui n'ébranla pas particulièrement sa victime.

- Raconte-moi tout ce qu'il s'est passé ici !, lui cria-t-il au visage.

Là encore, Adam parlait à un fantôme. Son chauffeur n'esquissa pas un geste et demeura prostré dans sa position initiale. Un deuxième coup de pied, plus violent que le précédent, vint heurter le ventre d'Édouard. De moins en moins calme, Adam leva son pistolet et le plaqua sur la tempe du large visage qui lui faisait face. Ses cris se firent hurlements.

- Qu'est-ce qui se passe ici, bordel ? Deux femmes attachées ? Raconte-moi tout ou je te jure que je rajoute du sang !

Édouard hoqueta un léger rire. Lentement, froidement, il leva les yeux vers Adam. Son expression était terrifiante, triste et joyeuse à la fois. La folie incarnée.

- Pourquoi tu demandes pas à ta salope de sœur ? Pourquoi tu lui demandes pas pourquoi elle m'a séduit pour ensuite m'humilier ? Hein ?

Incapable de supporter la réponse, Adam retourna son revolver et cogna la crosse sur le crâne d'Édouard sans retenue. Celui-ci encaissa le coup d'un grognement sourd.

- On va y aller doucement, prononça le plus calmement possible Adam. Comment Jennifer et Eve se sont-elles retrouvées là ?
- A ton avis ? Je les ai amenées.
- Pourquoi ?

Une fois de plus, Édouard émit un petit rire désarmant. Il désigna Jennifer.

- Elle, j'ai hésité. Mais finalement, j'ai compris que c'était la seule solution. Elle l'avait trop embrouillée, elle lui avait lavé le cerveau. Il fallait que je lui montre que c'était à cause d'elle qu'on n'était plus ensemble.

Adam regarda fixement Édouard et, fait rare, ne sut quoi dire. Par où commencer ? Rien de ce qu'il entendait n'avait de sens mais, en essayant de rationaliser au maximum la situation, une forme de logique apparaissait.

Dans une tentative d'apaisement, Adam reposa son arme le long de son corps. Il se racla la gorge.

- Tu es amoureux d'Eve, c'est ça ? Tu es tombé amoureux d'elle quand elle était dans le coma ?

Le chauffeur baissa à nouveau les yeux, retrouvant sa position initiale.

- Tu l'as suivie depuis sa sortie de l'hôpital, poursuivit Adam, la voix chevrotante. Avec la voiture de la préfecture. Tu l'as observée et tu as fini par la kidnapper.

Sur ces mots, Édouard se leva brusquement son imposante présence obligea Adam à pointer de nouveau son pistolet sur lui.

- Ça ne s'est pas passé comme ça !, tempêta le massif chauffeur. On est tombés amoureux. Tous les deux. On a passé des nuits entières à parler, à refaire le monde. Je venais lui rendre visite à l'hôpital. Tout se passait bien, on était heureux. Jusqu'à ce que cette salope la prenne. C'est elle qui l'a kidnappée la première ! Pas moi, elle !

Édouard pleurait, montrant son désespoir sans pudeur.

- Des nuits entières à discuter ? Mais qu'est-ce que tu racontes ! Elle était à l'hôpital, on ne rentre pas comme ça dans un hôpital la nuit.

Édouard fit un geste de la main, faisant comprendre à Adam qu'il ne comprenait rien à la situation.

- Je savais que les gens ne comprendraient pas, lâcha-t-il. Même elle, elle m'a oublié. Cette pute lui a lavé le cerveau et maintenant, elle me reconnaît plus.

Toujours en larmes, le chauffeur alla reprendre sa place initiale. De toute évidence, tout ce qui suivrait ne l'intéressait pas. Il posa sa tête sur sa main et demeura immobile.

Adam ne savait plus quoi penser. Il regarda sa sœur qui n'avait pas bougé. Il fallait faire quelque chose, mais appeler la police n'était pas une option pour l'instant. Des discussions nocturnes ? Un amour réciproque ? C'est incohérent, stupide…

Et soudain, tout devint limpide. Comme un engrenage qui se met en marche, le fil de l'histoire se déroula point par point dans l'esprit d'Adam. La pièce manquante était là, sous son nez. Et il avait été trop stupide pour s'en rendre compte. Et trop arrogant. S'il avait pris le soin de se renseigner plus tôt, tout ceci aurait pu être évité.

Pris d'une froide résolution, dans un accès de colère parfaitement contrôlé mais déraisonnable, il se tourna à nouveau vers Édouard, un large sourire aux lèvres. L'explication était totalement ahurissante et facile à la fois.

- Édouard..., lança-t-il d'abord à lui-même. Édouard. Moreau, c'est ça ?

Sans laisser la chance à l'intéressé de répondre, Adam posa son arme sur son front et pressa la détente.

21

Le soleil irradiait la terrasse et une légère brise rendait l'atmosphère délicieusement estivale. C'était une journée magnifique, et Chloé avait décidé d'en profiter accompagnée d'un livre et d'une chaise longue. Les enfants étaient chez leurs grands-parents.

Le repos, elle ne l'avait pas volé elle non plus. Après avoir vu sa belle-sœur frôler la mort, son mari la donner et sa famille être au bord de l'implosion, Chloé n'avait pas de scrupule à souffler quelque peu.

Adam n'était pas encore levé. Il dormait beaucoup, ces temps-ci. Encore ces cauchemars... Les choses n'avaient pas été faciles pour lui. Le procès avait été long et éprouvant. Le tribunal avait finalement décidé qu'il avait tué Édouard Moreau en situation de légitime défense. Mais Adam avait payé le prix fort. Il avait perdu son énergie, son sourire et son emploi. Il était méconnaissable, mais comment le lui reprocher ?

La silhouette de son mari apparut dans l'encadrement de la porte-fenêtre. Il était vêtu d'un jogging et d'un t-shirt blanc. Ses yeux portaient encore les marques du manque de sommeil. Adam salua sa femme mollement. Celle-ci s'efforça de lui répondre sur un ton enjoué, mais le cœur n'y était plus.

« Tu as bien dormi ?, demanda-t-elle, sans espoir particulier.

- Ça a été, répondit son mari, laconique.
- Tu as prévu quelque chose de particulier aujourd'hui ?

Adam but une gorgée de café et se racla la gorge. Il avait toujours cet air absent.

- Je crois que je vais aller voir Eve.

Chloé ne répondit pas et se contenta de tourner la tête. Ils avaient discuté pendant des jours du mal que ces visites faisaient à Adam. Mais celui-ci se cachait derrière l'argument massue de « la chose à faire » et « d'être là pour elle ». Ces disputes se terminaient toujours mal aussi Chloé décida-t-elle, pour cette fois, de s'abstenir. Rien ne le ferait changer d'avis, de toute façon.

Une heure plus tard, vaguement douché et toujours vêtu de la même manière, Adam monta dans sa voiture et prit la direction de Toulouse. Il était triste. Triste et fatigué. Cela faisait des semaines que ça durait. Le jour, il pensait à sa sœur, au mal qu'il faisait à sa famille en n'étant plus lui-même. Mais il n'y pouvait rien. Le visage d'Édouard le hantait constamment. Il avait tué cet homme. De sang-froid, quoi qu'en dise le tribunal. Il avait même été jusqu'à maquiller la scène de crime, plaçant le couteau dans la main de son chauffeur. Qui était-il devenu ? Quel genre d'homme faisait une chose pareille ? Bien sûr, il avait des circonstances atténuantes. Édouard avait violé et kidnappé sa sœur, assassiné Jennifer. Il avait, directement ou indirectement, détruit sa vie et celle d'Eve. Sans compter l'impact qu'il avait eu sur ses enfants et sa femme. Mais, face à l'adversité, il était à son tour devenu un monstre. Il n'avait pas été lui-même et, depuis lors, il ne l'était plus redevenu. L'homme qu'il voyait dans la glace, le matin, cet homme aux traits fatigués et à la barbe négligée ne lui plaisait pas. Mais il en était prisonnier. Tout autant qu'Eve, il aurait mérité d'être interné. Peut-être aurait-il été plus heureux.

Après une vingtaine de minutes de route, Adam arriva en vue de l'institut où sa sœur vivait depuis deux mois. Décision du tribunal et des psychiatres qui s'étaient succédé sur son cas. Et personne n'avait trouvé à y redire. Sa famille aurait été en droit d'objecter, mais Adam et ses parents furent dans l'obligation de reconnaître qu'Eve avait besoin de soins.

Le véhicule se gara à proximité de l'entrée. Adam en sortit lentement et avança vers l'entrée du bâtiment. Il détestait cet endroit plus que tout au monde. Il symbolisait cette histoire. Et à chaque fois qu'il tournait et retournait le déroulement des événements dans sa tête, Adam ne pouvait s'empêcher de ressentir un immense sentiment de culpabilité. S'il avait réfléchi correctement dès le départ, il aurait vu le lien, le chaînon manquant. Ainsi, sa sœur n'aurait pas été kidnappée, Jennifer serait encore vivante, il n'aurait pas tué Édouard, il ne serait pas devenu ce zombie, Chloé ne se sentirait pas obligée de le porter à bout de bras, il aurait gardé son emploi... Adam lâcha un cri contenu et se prit la tête entre les mains. Cela lui arrivait deux à trois fois par jour. Il ressassait tant et tant cette histoire que son cerveau saturait et lui causait une douleur intense. Les rares personnes présentes devant l'entrée de l'institut le regardèrent curieusement, probablement convaincus qu'il s'agissait d'un patient.

Il lui fallait en général une petite minute pour reprendre ses esprits. Comme il aurait aimé avoir un relaxant quelconque, pour ce genre de moments. Il avait même essayé de se mettre à fumer, cigarette et autre...

Redevenu plus calme, Adam entra dans le bâtiment. Il venait trois à quatre fois par semaine et ressortait systématiquement détruit. Eve ne lui avait pas encore une fois adressé la parole et, même si les médecins lui demandaient d'être patient, c'était l'image de son propre échec qu'il voyait en regardant sa sœur rester immobile, muette, le regard vide.

Il frappa doucement et entra. Comme à son habitude, Eve était assise sur le bord de son lit, une barrière de métal l'empêchant de tomber. Elle regardait dehors. Toujours. Les infirmiers la plaçaient comme ça à la demande des médecins et, le soir venu, l'allongeaient. Le reste du temps, elle était nourrie à la cuillère et demeurait parfaitement immobile et silencieuse.

Adam attrapa une chaise et vint s'asseoir juste à côté de sa sœur, en prenant bien soin de ne pas l'empêcher de voir l'extérieur. Il doutait que cela serve à quelque chose, mais autant faire confiance aux médecins.

« Bonjour Eve, c'est Adam, dit-il d'une voix douce.

Comme toujours, il n'obtint ni réponse ni réaction. D'ordinaire, il restait une petite heure et lui parlait de tout et de rien. Des infos, du temps, de ses enfants. Il était convaincu qu'elle avait besoin de garder un lien avec le monde qu'elle connaissait. Alors il parlait, encore et encore. Jusqu'à en avoir assez ou être trop triste pour continuer. Jusqu'à rentrer chez lui dévasté, au grand dam de Chloé et de ses enfants.

- Eve, je sais que je te parle toujours de banalité. Mais aujourd'hui, je suis désolé, il faut que je te raconte l'histoire. Toute l'histoire. Ca fait des jours que j'y pense et je crois que... Je crois que c'est la chose à faire.

Sa sœur n'esquissait toujours pas le moindre geste.

- Il y a eu un procès, Eve, tu sais ? J'ai été accusé de meurtre. Alors je vais tout te dire une bonne fois pour toute. Pas parce que tu as besoin de savoir, pas parce que ça va t'aider à aller mieux. Je vais te le dire parce que j'en ai besoin. C'est égoïste et j'en suis désolé.

Les larmes lui montaient aux yeux, mais Adam tint bon et les retint.

- Quand tu as eu ton accident, tu n'allais pas bien. Je suis sûr que tu te souviens. C'est pour ça que tu t'es inventée un endroit à toi pendant ton coma, un endroit où tu pourrais réfléchir longuement à tout. Une chambre blanche... Toutes ces idées, toute ta vérité, elle était déjà dans ton esprit, Eve. C'est de là que ça venait. Ton cerveau a simplement mis de l'ordre pendant que tu dormais. Tu n'as pas été choisie pour être une prophétesse. C'est ton esprit qui te faisait comprendre que tu devais t'approprier ta propre philosophie de vie et l'assumer. J'ai longtemps réfléchi à tout ça, Eve, et c'est la seule conclusion un peu logique que j'ai trouvée.

Adam saisit la main de sa sœur avant de poursuivre.

- Je suis souvent venu te voir pendant ton coma. Je te parlais, comme je te parle maintenant. Pour que tu gardes un contact. Et, oui, je suis venu avec Édouard. J'avais beaucoup de travail, il fallait que je bosse pendant les trajets. C'est là qu'il est tombé amoureux de toi. Il t'a vue et il t'a aimée. Il a développé une obsession. Il fallait qu'il te voie.

Les larmes sortirent finalement, alors qu'Adam peinait à poursuivre son monologue.

- Quand j'ai enquêté à l'hôpital, je n'ai rien trouvé de louche, jusqu'au jour où Édouard t'a kidnappée. J'interrogeais les employés, les patients qui étaient là en même temps que toi. Rien. Et puis, ce fameux jour, je suis tombé sur un aide-soignant que je n'avais jamais vu. Je lui ai à peine adressé la parole qu'il m'a planté un stylo dans la jambe et s'est enfui en courant. Avant de rentrer et de découvrir que tu avais été enlevée, j'ai demandé son nom. Il s'appelait André. André Moreau. C'était le frère d'Édouard…

Adam éclata en sanglots, agrippant la main de sa sœur plus fortement encore.

- Je suis désolé Eve, je suis tellement désolé ! J'ai fait le lien plus tard, juste avant de tuer Édouard. Moreau, c'est un nom assez courant. A vrai dire, quand j'ai tiré, j'aurais pu me tromper. Mais j'avais raison. C'est comme ça qu'il a fait, Eve. C'est comme ça que ce taré venait te voir la nuit. Ces longues discussions dont il parlait, ce soi-disant amour fou, tout n'était pas seulement dans sa tête. Il venait te voir, te faisait la conversation. Et il t'a fait un enfant...

Adam cria si fort que deux infirmières entrèrent en trombe dans la chambre.

- Tout va bien ?, demanda l'une d'elles.

Le visiteur les rassura d'un geste de la main et les deux femmes sortirent. Non, tout n'allait pas bien, évidemment. Peut-être était-il en train de plonger définitivement Eve dans les abysses, mais ce besoin de tout sortir était irrépressible. Il pleurait à chaudes larmes et ne prenait même plus la peine de s'essuyer le visage.

- André Moreau a été condamné pour avoir laissé entrer son frère. C'était son complice. Et moi j'ai été acquitté parce que je leur ai fait croire que j'ai tué Édouard en légitime défense. Mais c'est pas vrai, Eve ! Je l'ai tué parce que j'ai compris ce qu'il avait fait et que je ne l'ai pas supporté. Et je crois que c'est pour ça que tu es dans cet état toi aussi. Tu as compris et tu as craqué. Tout ça, c'est à cause de l'esprit dérangé d'Édouard. Papa, maman et moi, on a dû décider ce qu'il fallait faire de l'enfant. Alors on a dit qu'il ne fallait pas que tu le reconnaisses. Tu ne le verras plus, Eve. Tu n'auras plus sous les yeux la preuve vivante de ce qu'il s'est passé.

Adam était totalement effondré, mais sa sœur demeurait stoïque. Rien, aucune émotion ni réaction. Il laissa un long moment s'écouler, tant par espoir que par nécessité.

- Maintenant, ça va aller mieux. Il faut que tu te reposes, que tu retrouves tes esprits et tu redeviendras toi-même. Et on redeviendra tous nous-mêmes. Ça va aller, petite sœur, ça va aller. Je t'aime trop pour ne pas y croire. »

Le visage rouge et trempé, Adam regarda Eve en priant toutes les divinités d'obtenir quelque chose, n'importe quoi. Il aperçut alors, de l'œil de sa sœur, une larme naître et rouler le long de sa joue. Une minuscule, toute petite larme qui vint mourir sur la commissure de ses lèvres. « Ça va aller », se répéta Adam avec un léger sourire. Sauf que, cette fois-ci, il y croyait vraiment.